かおり風景 ③

2007
↓
2014

淡交社

かおり風景③　二〇〇七年～二〇一四年

香老舗 松栄堂監修　「香・大賞」実行委員会編

かおり風景③　もくじ

エッセイを書く

鷲田 清一
哲学者・京都市立芸術大学理事長兼学長
「香・大賞」審査委員

「香《かおり》・大賞」もことしで三十周年を迎えました。その大きな節目を迎え、ことしはエッセイを書くということについて、書かせていただくことにしました。

エッセイとか随筆といえば、なれた人ならすっと書けるようにおもわれがちです。でもそんな思いは、いざじぶんでそれを書きはじめたらすぐに砕けてしまいます。長いものを書くときも、短いものを書くときも、それぞれの難しさがあります。

理詰めで書く論文とは違う難しさというものがエッセイにはあります。それは全部を書かないということです。何を書かないか、そこにいってみれば書き手のセンスがもろに出ます。

エッセイは、論理の道筋を丹念にたどるのではなく、たまたまという意味での偶然にも席を空けておきます。行き当たりばったりとか脱線、これがエッセイでは存外大きな意味をもっているのです。一つの考えで全体を包み込むのではなく、たまたま思い浮かんだよしなしごとに、こころをたっぷりと遊ばせる必要があるのです。それらのあいだを揺れていていいのです。というか、揺れているのがいいのです。

そうすると読者が入ってゆけるすきまがいっぱいできる。そのすきまをぬって、読者はしゃちこばったじぶんの思いをほどいてゆくことができる。エッセイは読む人にそんな体験をさせてくれます。

でも揺れっぱなしで終わり、というのでは困ります。「ここが潮だと感じたところで切り上げる」、そのような余韻を残した終わり方というのも大事です。

いま引いたのはアドルノという哲学者のことばですが、彼はまた、いろんな思いが絨毯のように交織される、その「交織の密度」にエッセイのできはかかっているとも言っています。

読む人の日々の思いの縄を解き、それぞれのさまざまなニュアンスを繊細に浮かび上がらせ、その全体を存分にたゆたわせたうえで、これまでとは違ったふうに編みなおす。そうすることでそれまでよりももっと見晴らしのよい場所への引っ越しをうながす。そんなきっかけを、優れたエッセイは与えてくれます。

いちどこんなふうに見てみたら、と、エッセイはそれまで知らなかった世界の切り取り方を教えてくれるものなのです。ひるがえって、「エッセイ」という語も、元はといえば「試み」を意味していました。


第30回『かおり風景』（二〇一五年発行）掲載

香りの絆

藤本 義一
作家
「香・大賞」審査委員長

肺の底に水がたまり、胸（左）の下を手術して、水を導き出したのが四月下旬、それ以降脇腹下部に激痛を覚えて一ヶ月以上うめきつづけて、今日に至る。

苦痛の中での選考は困難さを伴ったが、事務局と相互に連絡を取りながらなんとか結論を得た。

〝絆と香り〟というテーマは新しい観点をエッセイに与えてくれたように思われる。

絆といえば、なにか強靭なツナがりといった感じを受けるようだが、実はそうではなく、自然に生じる空気と空気の透明な結び目のようだと思う。香りが過ぎ去って行くとか、香りに包まれる等は、いずれも遮《さえぎ》りがたいという絆の特性といえるのではないだろうか。拒《こば》む理由が一切ない状態の中でこそ絆が生じるものだということがわかる。

総じて絆という場合は、特別に強固な糸状のものが結ばれることを予想してしまうが、実はそうではなくて、香りのような透明な雰囲気状のものが、ごく自然に交わった様子をいうのだろう。透明な結び目を自分の嗅覚で捉《とら》えた時に、その確かさを信じるのが〝香り〟の持っている絆との出会いだろう。
香りの絆を得た時、総じて人間は安らぎを覚え、日常の多忙さを忘れてしまうだろう。その時間こそが香りの絆といえるだろう。

第26回『かおり風景』(二〇一一年発行) 掲載

香りのコミュニケーションは距離の遠さ・近さを超えて

夫婦の離婚の危機に救いの手を差し伸べた香りと携帯電話のメール。
一人の大学生を自堕落な日常から連れ出してくれた、パソコンに映るあじさいの画像と
意外にも初めて感じたその香り。ＩＴツールは受賞作品の中にも、ごく自然に登場するようになりました。
その一方で、情報社会が高度化すればするほど、
人と人とのコミュニケーションに支障が生じる場面がないこともない。
そんな時代を象徴するように、ＫＹ（空気が読めない人）というキーワードも生まれました。
でも「香・大賞」ではこれをＫＹを「香りを読む」と読み替えました。
香りが読めれば「地球人」になれるかもしれない。
海外を自分流に旅して他国の人との香りの共有体験を描いた作品との出会いに、
香りが言葉を超えるコミュニケーションツールになることを知りました。
藤本義一審査委員長は、アンゴラやザンビアを旅して包まれた土と草の香りに、
それは「間違いなく生きて地上にいるのだという香りだった」（作品集『かおり風景』）と記しています。

2007

第23回［香・大賞］入賞作品

二〇〇七年募集・二〇〇八年発表

金婚

奥田登
80歳　無職　京都府

世間では、金婚には子や孫が集まって祝いの場があるらしいが、当家ではそんな風習はありません。

結婚してこの方、妻を「おい」とか「お前」とか呼んでいましたが、この頃これが何となく言いにくくなって「あんた」に変えましたが、どうも照れくさいので「あんさん」にしました。

「あんさん、われわれ金婚らしいが、記念に、どこぞ温泉にでも行きなはるか?」

はたして、かみさんが何と言うか?

「もったいない。そんな金があったら孫に小遣いでも、やってほしい」

おおかたそんなことだろうとは予想していました。それなら、せめておいしいものでもと、フランス料理? イタリア料理? メキシコ? 中華? いろいろ提案しましたが、これも、もったいないということで、結局おいしいラーメンならということになって。

バスに乗って電車に乗り換えて街に行き、ラーメン横丁に入った途端「うわーっ」このたまらないスープの匂い。この横丁は味が自慢で、どの店も並ばないと入れません。

一番長い列に。

「らっしゃい。何にしましょ」

威勢のいい兄ちゃんが並んでいる客に先に注文を取りに来る。

「しょうゆ並二つに、ビール」

十分ほどで中に入れてもらって、飲みました。食べました、納得がいきました、店を出ました。ものの二十分です。今日は、めでたい金婚祝いの日。奮発して地下街の喫茶店に入り「あんみつ二つ」。このようにして、外食するのは何年ぶりだろうか。確か、子どもたちが小さい頃に一、二度だったのではなかったか。と、あんみつを食べているかみさんが急に下を向いたまま動かなくなってしまったので
「あんさん、どうしなはった？　どこぞ気分でも悪いのか？」

「……」

急にものを言わなくなってしまったので心配です。

「どうしたんや？」

しばらくして、蚊の鳴くような声で、

「わたし、しあわせです」

黒いジャケット

山田千晴
46歳　ロシア語通訳者　埼玉県

八月のモスクワは、もう秋であった。夕方、映画館から出ると、寒がる私に、マクシムは自分のジャケットをさっと脱いで着せてくれた。

「僕は寒くないから、それを着て帰るといいよ」

と何ともロシア男らしい心遣いだった。マクシムは私が留学していた大学の同級生で、当時はまだ、ただの友人に過ぎなかった。ずっと昔のロシアでの話である。

マクシムは、大男であった。彼のジャケットは、私のワンピースほどの丈があり、私の両手はすっぽりと隠れてしまった。二人は、それを見て、大声で笑った。

マクシムのジャケットを着て、メトロに乗った時、何とも言えないなつかしさに包まれたことを覚えている。不思議な感覚だった。ジャケットは黒いジーンズ地で、何やら清々しい匂いがした。それは、紛れもなくさっきまで一緒にいたマクシムの匂いであった。

何気なくポケットに手を入れると、紙が手に触れた。出してみると、その紙には、ゴチャゴチャ文字が書かれている。それが日本語であることを理解するのにしばし時間がかかった。日本語をロシア文字で表記してあったのである。よく見ると「愛しています」などという愛の表現集ではないか！私は驚き、そして少しおかしくなった。マクシムが日本語を習っているわけがない。何ゆえに彼は、日本語のそんな表現をメモしていたのか当時の私には知る由もなかったが、無骨な彼には不似合いな表現集だったことは確かだ。

次の日、私はそのメモの件は気がつかなかったふりをして、マクシムにお礼を言い、ジャケットを返した。

ジャケットを借りた数ヶ月後、マクシムと私は恋人同士になった。彼の愛の告白は、何と日本語で、しかもあのメモ通りの言葉であった。メモの秘密を知っていた私は、笑おうとしたのに、マクシムの一途さに思わず泣いてしまった。次の瞬間、私はマクシムのあのなつかしい匂いに抱き締められていた。

頑固親父

阿部 広海
58歳　建築業　静岡県

小春日の縁側で、今日も黙々と親父は仏像を彫っている。

宮大工だった親父は、九十二歳まで現役で働いていた。リタイヤして二年になるが、まだまだ弟子たちのことが気になるようで、時々現場にひょっこり顔を出しては世話をやいている。

若い頃は鬼の棟梁と呼ばれ、みんなに怖がられていた。仕事への厳しさも半端ではなかった。早朝から夜遅くまで現場に出ずっ張り、休むのは正月三ヶ日だけ、子供の頃親父が家に居るところを殆ど見たことはなかった。

どんな仕事でも完璧主義を貫く。仕口や継手が少しでもずれれば即、やり直し、電動の道具は一切使わない。自分の腕一本で勝負する。組子の加工や反り屋根の垂木《たるき》、破風《はふ》造作などは、長年の経験と勘がものをいう。宮大工の腕の見せ所と豪語する。

雨の日は絶対に仕事をしない。湿気で木が狂うからである。もっぱら道具の手入れに時間をかける。木は生きている。呼吸をし、声を発している、という。〝木との会話ができる〟これがいい仕事の条件だ。親父の流儀である。

普段は頑固一徹だが酒が入ると機嫌がいい。十八番の浪曲が出る。ユーモアたっぷりに洒落も言う。

「ワシャ一国の主より偉いんじゃ。カーターやニクソンにも負けんぞ、大棟梁じゃからな……」

と言って家族を笑わせてくれる。

初冬の夜長、久しぶりに親父と熱燗をくみ交しながら昔話に花を咲かせた。ラバウル航空隊の自慢話に口も軽い。私は決まって親父の戦友になりきる。

酌をしてくれる親父の掌に顔を近づける。太く、厚い指先からなつかしい香りが漂ってきた。子供の頃親父に抱かれた時の、あの匂いと同じだ。何十年も染みついた木の香りする匂いだ。この木の香りが好きで親父と一緒になった亡きおふくろのことを私は思い出していた。

遺された香り

髙橋絵里
44歳　主婦　愛知県

よく晴れた五月の朝だった。いつも通り、仕事へ行く前、大急ぎで洗濯物を干していた。すべて干し終え、隣の家の二階のベランダを見た。ドキッとした。いつもならもう開いているはずの雨戸が閉まったままだったから……。隣にはおばあさんがひとりで住んでみえ、朝晩の雨戸の開け閉めで、無事を確認していた。

すぐ隣へ電話をかけてみたが、出ない。車は車庫にあるので留守ではない。何かあったんだ……今、助けてあげるからね……。

外へ出ると、隣の玄関へまわった。鍵がかかっており、ベルをならしても返事がない。今朝の新聞がささったままだった。

110番通報をした。しばらくすると、警察の人がきて、物物しい雰囲気となった。

いろいろ調べ、二階のベランダから警察の人が入ることになった。三十分ぐらいして「一階のソファの上で、パジャマ姿で亡くなっていたよ」と告げられた。おばあさんは、高齢で、ひとり暮らしにもかかわらず、びっくりするぐらい明るく、華やかで、美しかった。亡くなる前日も車でデパートに出かけ、ケーキを買ってきてくれた。

　夕方近くに、やっと落ち着いた。

　御参りをしようと玄関に入ったとたん、今まで嗅いだことのない香りに包まれた。死の香り。おばあさんは布団に寝かされ、顔には白い布がかけてあった。白い布をとると生前の気の強い表情のままで、ほっとした。髪も乱れることなく、死後一日しかたっていなかったので、美しいままだった。不思議と悲しくなかった。子どもさんがなく、天涯孤独な人だったので、自分の最期に、不安を感じておられるのは痛いほどわかっていた。前向きという言葉が好きな人だったが、いつまでそう言っていられるのか……。そのうちひとりで暮らせなくなり、まわりの人に迷惑をかけるようになると思っていたが最期まで自分の生き方を貫いた人だった。人は生きてきたように死ねるのだと教えてもらった。

ヤツと私

織 キヨ
36歳 僧侶・大学院研究生 兵庫県

二〇〇七年三月、私はリヨンにいた。一年間の交換留学の真ん中。日本の友達とはなんとなく疎遠になっていた。帰国のことを考えると、私は少し憂鬱だった。そのころ私は、近所の古道具屋によく通った。大きな倉庫みたいな店に入ると、古びたにおいがする。家具、電化製品、食器、本、ボタン……あらゆるものから、前の持ち主の香りがたちのぼり、それが混ざった独特の香り。さびしいときは、人の生活を感じると、ほっとする。

ある日そこで、二脚の肘掛け椅子を見つけた。木を曲げて作った軽い枠に布と薄いクッションがついている。カバーは紺、木枠はベージュ。なかなかいい。一脚三十五ユーロ。一脚だけ買って帰ることにした。前の家で二脚で並んでただろうに、少し心が痛んだ。

うちにやってくると、ヤツは私を包み込むどころかものすごい主張をしてきた。前の持ち主の残り香が、その椅子からたちあがってくる。整髪料と頭の油のにおい! 私は肘掛け椅子からカバーとクッションを外し、キッチンの小さなシンクで洗った。三日ほどかけて乾かし取り込むが、まだにおいがする。その後繰り返し洗ったけれどもダメ。外から帰ってドアを開けたら、知らない家のにおいがする。そんな日が二週間くらい続いた。

ある日、いつものようにドアを開けたら、突然ヤツはおとなしかった。うちの一員になったようだった。それから私は、その椅子でテレビを見、昼寝をし、読書をし、単語を覚えた。ヤツと私はずっと一緒だった。

八月、私は日本へ帰る準備をしていた。肘掛け椅子は持って帰れない。幸い、近所の友達がもらってくれた。お気に入りのクッションも一緒だ。彼女の家に納まったヤツを見たら、何だか知らない人みたいでちょっと悲しくなった。

日本に帰った今、ふと思う。彼女は感じたのかしら、ヤツから私のにおいを。そしてヤツは私の残り香を覚えているだろうか？

娘の忘れ物

長谷川 昌司
47歳 会社員 大阪府

大阪への単身赴任が、二年過ぎた。いつも夜十時頃、一人寂しくマンションに帰っていた。

八月上旬の夏休み。週末の三日間、横浜から小学五年の娘が遊びに来た。四ヶ月ぶりの再会だった。

寂しい部屋に笑い声が響き、急に明るくなった。夜遅くまで、学校のこと、友達のこと、そして家族のことなどを話し合った。二人でこんなに多くの時間を過ごしたのは、初めてだった。

夜中、そっと隣の部屋のドアを開け、娘の寝顔を眺めた。指先で頬を少し撫でてみた。

「大きくなったなー」

「よく来てくれたなー」

と呟いた。自然と涙が溢れてきた。横浜では帰宅は遅く、朝も早かった。すれ違いの生活だった。休日、顔を合わしても会話も無かった。父親として失格だった。

三日後の日曜日、夕方。両手いっぱいのお土産を抱えて、新大阪駅まで見送りに行った。

「忘れ物は無いか?」

「また来いよ!」

私は車窓の向こうに見える娘を追い続けた。

娘が帰った夜、隣の部屋を開けてみた。心地よいミカンの香りがした。何でするのか?不思議だった。灯りを点けて、謎を探してみた。テーブルの下に、匂い付き消しゴムが一つ転んでいた。手にとって眺めていると、楽しそうに笑っている娘の姿が浮かんできた。

私は、しばらくの間、消しゴムをそのまま部屋に置いていた。そこは、いつもミカンの香りに満たされていた。

時折、一人寂しい夜。ドアを開け、その部屋に入ると、何だか心癒され、疲れた気持ちが少し楽になってくる。

異郷の地で

高村 紫苑
67歳 朗読家 北海道

札幌の市街を見はるかす丘陵地に長期療養型のその病院がある。母を乗せた寝台タクシーがゆっくり坂を登ってゆく。木洩れ日が降りかかる母の寝顔を見ながら、自分の決断は正解だったかと心は未だゆれていた。その日の早朝、京都の病院を出発し伊丹から空路札幌へ母を運んだ。このとき母は九十歳。札幌はひとり娘の私が京都から嫁いだ地である。

母は明治生まれの京女。父亡きあと京都で独り暮らしをしていたが体力の衰えとともに入院生活を余儀なくされた。時折、私が帰郷し、面倒を見てきたが、家人の病いなどがあって、札幌の病院へ母の転院を決断した。

住み慣れた故郷を捨て、北の果ての見知らぬ地へ引きはがされてゆく母の無念を思うと、身を切られる思いであったが母は黙って従ってくれた。札幌での六年間、母は最後まで京都へ帰りたいと言わなかった。それを言えば、娘を困らせると思い胸に封印していたのか。

母が亡くなる数ヶ月前、その頃母は、栄養剤の点滴だけで命をつないでいた。或る日「ひのなづけが食べたい……」

と、突然母が言った。緋の菜漬は母がよく食膳にのせていた独特の辛みと香りがする京漬物である。食べ物は一切禁止されている母に酷かとも思ったがせめて香りだけでもと、京都から緋の菜の糠漬を取り寄せ、母へ持っていった。

タッパーのフタを開けると、うす紫の見るからに雅な緋の菜漬の香りがぷーんと漂った。母は鼻を近づけ

「ああ、なつかしい匂いや……コレに白いご飯があったら、あとはなんもいらん……」と、口をすぼめ緋の菜漬の匂いを嗅いだ。そして「アリガトウ」と、私に手を差し伸べた。

私はその手を両掌で包み

〈ごめんね…ごめんね……〉

と、心のなかで詫びた。

〈母は京都へ帰りたいのだ!〉

抑えようもなく溢れる母への愛しさに、涙があとからあとから流れ落ちた。札幌の街にナナカマドの実が色づきはじめる頃、母は逝った。

現在、母は京都の大谷廟に眠っている。

母子

髙橋 芳江
61歳 主婦 群馬県

注文した品物が来て思わず振り向いた後ろのテーブルに、体格のいい六十がらみの男性と、か細い老婆が席に着くのが目に入った。

「お母さんはおそばがいいですか?」

「そうね、私はおそばが大好きですよ」

「今日は暑いですから冷たいおそばがいいでしょう」

「私はおそばが好きです」

「冷たいのと温かいのとどちらがいいですか?」

「今は何月ですかねぇ」

「十月です。十月に入ったばかりですよ、お母さんがホームに入所したのも三年前の秋でした」

「そうですかもう十月ですか、寒くなったんですね」

「それじゃあ温かい天ぷらそばにしましょうか? お母さんの大好物のえび天が載っていますよ」

「誰もきませんね、どうしたんでしょうね」

「大丈夫、もう注文しましたから」

「何も言って来ませんね、お休みでしょうか」

「今作っているんです。じきに来ますよ天ぷらそばが……、お腹空きすぎたんですね」

「お母さん、私は誰だかわかりますか？」

「ここからではは っきり見えませんよ、本当におそば来ますかねぇ、おかしいですねぇ」

「私を見て下さい、私のことわかりますか？」

「えっ！　ああ……そりゃあわかります、お前は私の息子だもの声でね、声でわかります」

「アハハ……わかりましたか、よかったです」

「お母さん、熱いから気を付けて下さい」

「ああ……おいしい」

「ゆっくり食べて下さいね」

「ああ……おいしい、一番高いえび天ぷら二匹も載せてもらって、贅沢をして懐は大丈夫ですか？ああ……おいしいですよ」

「アハハ……えび天ぐらいで身上潰れやしませんから大丈夫ですよ。ゆっくりでいいんです、あわてないで食べて下さいね」

「とってもおいしいですよ、あっ、ああー、おいしい」

「ホームでもおそばが出ますか？」

「えっ、何のことかわかりません。天ぷらもおいしい」

　空腹をくすぐるそばつゆの匂いと、香ばしい天ぷらを揚げる匂いを嗅ぐと、こじんまりとした店内に響いた母子の会話を思い出す。

スパイスと内戦

大野 加奈子
30歳 会社員 兵庫県

マリオさんは、香りとともにやってきた。浅黒い肌、立派なヒゲ、大きな手と笑顔。私は十一歳、一九八八年のことだった。

マリオさんは父の学生時代の友人で、スリランカで貿易会社を経営していた。商談のため来日し、一週間我が家にホームステイするという。彫りの深い顔立ちや、大きな体から漂う不思議な香りが怖くて、私は父の陰に隠れてばかりだった。

帰国する前日、マリオさんはテーブルに大小様々なビンを並べ始めた。中にはオレンジ色のパウダーやら、茶色の木の実やらが詰まっている。マリオさんの商売道具、スリランカ料理のスパイスだった。

マリオさんはまず、鶏肉をヨーグルトに漬け込んだ。部屋の隅で見守る私に、マリオさんはウインクした。スパイスを混ぜると、ヨーグルトが黄色に変わっていく。フライパンで焼くと、複雑なスパイスの香りが立ちのぼった。マリオさんの体にも染み付いている、異国の匂いだった。

「美味しい！」

酸味、苦味、甘み。豊かな香りと、味わいだった。マリオさんはスリランカの話を始めた。特産のルビーや、庭で遊ぶ野生のクジャク。マリオさんの話は愉快で、私は自分の意固地な態度を恥ずかしく思った。

「いいなあ、私もスリランカに行きたい」

マリオさんの笑顔に、陰がさした。

「スリランカは今、内戦をしているんだよ。安全になったら、遊びにおいで」

エスニック料理屋から漂うスパイスの香りをかぐたび、マリオさんの笑顔を思い出す。我が家とマリオさんとの交流は、一九九〇年ごろを最後に音信不通になってしまった。国外に脱出したようだ、と父から聞いた。商魂逞しいマリオさんのこと、きっと世界中でスパイスを売っているに違いない。

二〇〇六年、スリランカ政府と反政府軍の戦闘が再燃。現在も内戦は続いている。

栗の実

高林 志歩
77歳 主婦 富山県

今年も実家へ一人で栗拾いに出かけた。庭隅に立つ大きな栗の木は、私が女学校へ入った年に植えたものだった。

「これをやるから植えとけや」

掌に大きな栗の実を一つ乗せた手をさし出したのは、兄と同級生の宗雄だった。二人は鍬《くわ》で穴を掘り栗を埋めた。

「この栗が大きうなって、実がついたらおれの嫁になれ、約束や」

宗雄の差し出した手の指に私はそっと指をからませた。その後、宗雄が航空予科練に入隊したと耳にしたのは一年後の夏であった。

「兄ちゃん友達やったら何で止めんかったんや、死にに行くようなもんながに」

「早かれ遅かれ、みんな戦争に行かされる」

兄は空の一点を見つめて、唇をかんだ。女学生の私は、セーラー服にモンペを履き軍需工場で油まみれになって働いていた。八月の十五日、突然、終戦と聞かされたが、それは敗戦であった。五分前まで油まみれになって働いていたのは、何、なぜと言う思いが頭の中をかけめぐった。誰れもが呆然となった日、彼は出撃直前に終戦を聞かされて、気が狂ったように、あばれ出したと言う。その後、村に帰ったが目的を見失った彼には酒だけが救いのように呑みつづけ、酒におぼれて行った。村人は口々に、あわれやなどと言い、特攻のくづれ者やと言って不甲斐なさをののしった。もし今の私であったなら、苦しいのはあんただけじゃないよしっかりしろと怒鳴っていたであろう。その後、彼はいつの間にか村から姿を消し、彼の事は誰も口にしなくなって、十年が過ぎた。人伝てに聞こえて来たのは、東京の下町の花屋へ養子に入り、今ではおだやかに暮らしていると言う事だった。もう八十歳を過ぎている。彼には故郷に一入《ひとしお》の思いがあるであろう。一人いろりで栗を焼きながら、香ばしい香りに、それぞれが死と隣り合わせに生きて来た日を思い、ふと私を涙ぐませた。

明日へ

村井 大海
13歳　中学生　京都府

「魚くさいなぁ」
と言いながら初めて僕はお父さんと二人で市場にやってきた。お父さんは今、おじいちゃんと二人で料理店を営業している。つまり、魚を仕入れにこの市場へやってきたのだ。そしてこの市場の独特な魚くささは、おばあちゃんが居た時の事を思い出させる。

おばあちゃんは、二年前にこの世を去った。おばあちゃんが居たころはおばあちゃんとお父さんの二人でこの市場へやって来ていた。おばあちゃんは優しく、時にはきびしく僕をしかってくれる人だった。お店に来る常連客の人達もおばあちゃんの事をとても気に入っていた。

しかし、おばあちゃんは一年半前にガンという病気にかかってしまった。僕も、ガンだと知った時、とても驚いた。そして、おばあちゃんは入院した。僕は週一回は必ず病院に通った。おばあちゃんの病気は絶対治ると信じていた。そして、思いが通じたのか病気は治った。その後おばあちゃんは家で生活できるようになった。しかし、また病気にかかってしまったのだ。でも入院はせず家のベッドの上での生活となった。言葉も話せないくらいまでに病気は進行していった。

ある日の事、僕が小学校で昼食をしている時に先生がいきなり僕を呼び出した。そして
「おばあちゃんが亡くなったんだって」
と告げられた。僕は急に目から出てきた水を服のそででぬぐった。顔をたたいて夢ではない事が分かるくらい信じられなかった。
でも、今は違った。僕はこんな出来事を体験したのだが、おばあちゃんがいなくても生活ができた。なぜなら、病気と戦うあのおばあちゃんはとても必死にがんばっていた。そんなおばあちゃんに負けないようにがんばろうと思ったからだ。そのために、僕は一日一日を一生懸命に生きて行く。

夕暮れ

間嶋 清

散歩の終わりのベンチに腰掛けた。

秋の夕暮れは早い。夕陽が瀬戸の海を錦に織りなしている。

何処かで魚を焼いている。

「さんま」だ。秋だからな。

そうだ、あの日も——

——中学一年の秋である。最後の掃除当番を終え校門を出た。何時も通る公園の芝生に腰をおろした。此処も終わりだ。何処までも蒼い空も、二〇三高地の頂きも、夕陽に映えている。四日後に、予科練の乙飛に入隊だ。

何故、受験したのだろう。死ぬのは恐いくせに——皆が受けたからなのか？　尽忠愛国の心になってか？　どうせ死ぬのなら、一発で？　僚機が翼を振って、敵艦に突っこんで行く。俺も——駄目だ。恐怖が襲ってきた。思わず頭を抱えた。真っ白になった。体が震えていた。俺は、未だ十三歳だ。だが、入隊が決まってるのだ。男だ、俺だってやれる。同期の桜に負けるものか！——

朝「お袋」が言ってた……お前の好きな「さんま」を焼いて待っているって。「お袋」が待っている——帰ろう。

私は立ち上がった。

すでに、アカシアの並木の街灯は、灯っていた。七輪で、パタパタと扇ぎ「さんま」焼く「お袋」の待つ家路を急いだ。

この香りが漂うと、芝生で悩んだ私と、哀愁に満ちたアカシアの並木の街灯、日の丸で送られた我が故郷「旅順」を、想い出す。

もう、六十年昔になるのかなあ。

夕陽が、淡路の島に沈んだ。


（77歳　無職　大阪府）

香り失せぬ間に

大西 陽子

私の初めての戦時体験は、一枚の赤紙に始まる。それは小学校入学の十日前でした。突然に我が家に舞い込んだのが、父への召集令状。子供心に「戦争が来た」と思いました。

翌日から母と二人で難波髙島屋の前に三日間立ち、千人針を道行く人にお願いしました。四日目、異様な香りに目覚めた私が目にしたのは、台所で千人針をセンブリと共に煮染める母の背中、時々袖口を目に当てていました。

「センブリは千回煎じても匂いも苦いのも消えないのよ」

身重の母の言葉でした。香りの失せぬ間に父の帰還を願っての言葉だったのかもと、今思います。天日に干された千人針は、硬貨も縫い付けてありました。

入隊前日父は私を散歩に誘いました。途中で買って貰った綺麗なドロップの缶を振っては、その音を楽しみ、口に入れた甘い香りに酔いしれつつ、二人は源聖寺坂を登りました。夕日の中で父はポツリと

「お母ちゃんを守ってあげてな」

「私もうじきお姉ちゃんだから大丈夫」

けんけんして飛び跳ねつつ答えた私でした。幼い私に託さねばならなかった父の言葉の裏などは想像もしえ無い事です。一週間して父が築港から戦地へ出立の日、解散休憩の暫しの時間、母の手作りのお弁当で、三人のお別れパーティをしました。

「これあげる」

父に渡したのは買って貰ったドロップの食べさしの缶です。

「大事と違うンか」と父。

「大事やから返してや。缶が綺麗やから空になっても持って帰ってな。約束よ」

私の言葉は堪えていた母の涙を呼んだようでした。

四年してボコボコになった缶と共に父は帰って来ました。弾の痕も土臭い匂いもそのままに、違い棚に飾っていた母でした。それから数十年の人生遍路を経て、父は九十の人生を終えました。その香華の取替えの暇もなく十日後に母も亡くなりました。父が待っている事を信じて、香り失せぬ間に、母も持ちこたえていた灯を消した様に思えた生涯でした。

（75歳　主婦　大阪府）

つくし

伊藤 昭子

両のポッケを膨らませ、夫がウォーキングから帰ってきた。照れ臭そうに取り出したのは、やっぱり、つくしだった。

夫がつくしを採ってくるようになって、かれこれ四十年になる。他の山菜や野草には、全く興味のない夫が、つくしだけは驚くほど早い時期に摘んでくる。

私の育った家庭では、つくしを食べる習慣がなかった。始め、調理法を知らない私たちは、夫のうろ覚えを頼りに調理した。アクの抜き方がわからないまま作った卵とじは、かなり苦かったが、夫は実においしそうに食べた。

夫がつくしを採ってくるようになって、四、五年目のこと。ハカマを取った生の状態で水にさらしたところ、アクが取れて、思いがけず、おいしい一品となった。以来、夫は、自ら下ごしらえして、気の利いた一品に仕上げている。

ほろ苦さを舌の上で転がしていると、春を先取りしたような弾んだ気分になってくる。いかつい夫に、こんな風流な一面があったのかと、思わず顔を見つめたものだった。

ところが夫は、季節感を味わっていたのではなかった。彼は遠く『オフクロさん』をしのんでいたのである。

思い出を問うと

「子供のころ、オフクロとつくしんぼうを摘んだだけのこと」

と素っ気ない答。そして、ぽつりと付け加えた。

「土手から見た夕焼けが、真っ赤だったなあ」

たったそれだけのことが、今なお絵のように残っている、と言う。

夫は、つくしを年に二回とは摘まない。大切に扱いたい思い出なのだろう。

つくしを肴に、杯を重ねる夫の表情は、柔らかい。

（64歳　主婦　北海道）

昭和の中で

熊澤 昌子

平成十九年一月二十五日、享年八十五歳で父が亡くなった。十数年前に認知症の症状が表われ、晩年は私たち家族の顔も分からなかったが、まだ、母や私がなんとか認識でき、でも他の人や言葉はほとんど分からなくなっていた頃、父を大手スーパーに連れていった。

昭和の街をイメージした催しがあると聞いて、父に見せたいと思ったのだ。

駄菓子屋を中心に、食堂やパネル展が、スーパーの一角に作られていた。それは、私にも懐かしいものであったが、多分、分からないだろうと思っていた父が、駄菓子屋の店先でお菓子を手に取りながら

「これは、辛いんだぞ」

「これは、うまいんだ」

などとたどたどしい言葉ではあったが、私に言った。父の口から言葉が出ることが、ただ嬉しかった。

私がお菓子の会計を終え、ふと見ると父は通路に貼られている一枚のパネルの前で立ち止まっていた。そばに行ってみると、それは自転車店の写真で、店の中では男の人が自転車を修理し、店の前には少し古そうな軽トラックが止まっていた。私は思わず父を見た。

父はずっと自転車店を経営していた。写真と同じ軽トラックで自転車を届けたり、天気の悪い日には学校への送り迎えもしてくれた。

父が一番父らしくあった日々。自分が自転車店をしていたことなど全く覚えていなかった父が、そのパネルの写真を指さして言った。

「これ、家《うち》か?」

確かに似ていた。店の雰囲気も軽トラックも。一瞬返事につまった私は、笑ってごまかそうと父の顔を見た。父の目に涙があった。父の頭の中に、自転車を修理したり、配達していた日々が帰ってきていたのかもしれない。

スーパーの一角に作られた昭和の香りが、ほんのひととき、父を昔の父に返し、幸せな時間をくれた。そう思った。

（53歳　主婦　北海道）

風の中の時

曽根 丸二

　親の介護のため山口で独り暮らししている私に大阪の妻より手紙が届いた。私は四回目の秋を迎えていた。そろそろけじめをつけませんかと言う内容だった。中間地点の広島で日曜に会う事にした。

　広島駅前のホテルのレストラントで昼食を取りながらいろいろと話した。腹ごなしに歩いて、日本庭園に入った。日本三大庭園の一つで思いの外広かった。一周して小さな丸テーブルに向かい合って座り足を休めた。

　紅葉の下で離婚届に署名捺印をした時風が舞った。懐かしい香りが鼻腔をくすぐった。学生時代、新婚時代と私の気に入っていた香りだと気づいた。咄嗟に

「変わらん香りやなぁ」

と呟いていた。妻は

「えっ、何が」。

　私は感じたままを妻に告げた。乱れた髪を整えていた妻の手が一瞬止まった。その後、隣接の美術館で絵画をゆっくり見てまわった。広島駅まで言葉少なく並んで歩いた。

　私達は軽く握手をして、上りと下りのホームへと別れていった。

「じゃな。体気いつけや」。

「うん、あなたも、それじゃ」。

　三日後の夜遅く妻からメールが届いた。

(件名：ごめん)

(本文：離婚届は出せません。広島の庭園での、あなたの一言を帰ってから思い起こしていました。次々と、いろんな事が浮かんでは消え、涙が出てきました。この前の広島で過ごした時間は私にとって何年振りかの楽しい一時でした。今、離婚届を出してしまったら後悔するだろうとはっきりわかったので、勝手ですが、一年保留させて下さい。お願いします。)

　どれくらいの間、携帯電話の画面に見入っていただろうか。多分、何度も文面を読み返していたのだろう。ふっと我に返り慌てて返信キーを押し、文字をポツリ、ポツリと選んでいる私であった。

(53歳　パート社員　山口県)

春を待つ

村山 恵美子

夫が出稼ぎに行った。農業収入が思ったように上がらず、現金収入を得るため仕方がなかったのだろう。二人の子どもは二歳と五歳だった。

幼い子どもたちの面倒を見ながら過ごす毎日は、一日一日があっという間に過ぎていく。だが、子どもが眠りにつき静寂の時間が訪れると、なんとも言えない寂しさに襲われた。北国の冬の夜は長く、あまりに静かである。

当時、携帯電話などない。大勢で暮らしているであろう宿泊所に電話をしても、夫が一番に電話に出るかどうかわからないし、留守番もできないダメな嫁だと思われたくない私は、滅多に電話をしなかった。

そんな意地を張ってみても声が聞きたい。意を決して掛けた電話なのに、夫は近くに人がいる遠慮からか「ああ」「おう」「そうか」「わかった」判で押したようにそっけない。「元気でね。じゃあね」と最後に言うのが精一杯「寂しいよ」なんて甘えつく言葉など、とても言えなかった。

まだまだ雪も融けきらないものの、吹く風に春の匂いがするようになり始めた三月下旬。夫が帰ってくる日になった。

「おみやげおみやげ」子供たちは連呼して、朝からぴょんぴょん茶の間で跳ねている。遊びに行ったわけではないのにと可笑しかった。

車を飛ばし旭川空港で待った。ボストンバッグを下げ、到着ゲートから出てくる夫の姿が見えた。なんだか少し痩せたみたい。

「お帰り」

安堵感がどっと心に満ちた。

夕飯を終え、風呂に入り布団に転がった夫が

「やっぱりうちの布団はいいね」

ぽつりと言い大きく息をつく。

「そう?」

と、何気ない会話を交わせることが、嬉しかった。

あれから二十年。寂しさを紛らすために、夫の匂いの染み付いた枕カバーを、帰ってくる前日まで洗わず、無人の枕を並べて寝ていた冬の私を、夫は今も知らないだろう。

（49歳　農業　北海道）

フランスからきた匂い

小島　剛

中学生のころ、飛行機のプラモデルをなにかに憑かれたように作っていて、部活のない放課後は自転車をとばして模型屋に通ったものだ。そのころ知ったのが外国製プラモデルだった。近所の模型屋にはなかったが、東京は池袋の模型屋の、鍵のかかったガラス棚には、ビニールにぴったりと包まれた今までに見たことの無い箱が並んでいた。

私は何度もその模型屋に通い、ガラス棚に鼻を押しつけながら箱に書かれたメーカーの名を読んだ。

「モノグラム、エレール、レベル、マッチボックス……」。

国産プラモデルとは価格の桁が一つ違うものも少なくない。小遣いを貯めれば買えなくないものもあったけれど、高嶺の花には違いなかった。何とか念願かなって外国製プラモデルを手に入れたその日は、なんとなく怖くて箱を開けることができなかった。翌日、我慢しきれず箱を開けた。

外国製の紙やインクの混じりあった匂いがぷんとした。プラモデル本体を包むビニールをていねいにハサミで切って開けると、今度は甘いような、少し苦い匂いがあふれでて、陶然としてしまったのをおぼえている。

アメリカ・モノグラムの箱のなかの匂いは茫漠とした大地を連想させたし、フランス・エレールの箱にはパリの路地にある花屋の芳香がつまっているみたいだった。おかしな話だが、私は肝心のプラモデルより、封入された外国の気体のほうに強く惹かれた。

エレールの「零戦」を購入したときのことだ。右水平尾翼の部品に、灰色がかった金色の髪が一本からみついていた。私はどきどきした。遠く遠く海を隔てたフランスの、プラモデル工場でおしゃべりをしながら働く少年のブロンドが、見も知らぬ日本の少年の薄暗い部屋の片隅で蛍光灯に照らされてさらさらと光っている。もしかしたら少年はわざと髪を入れたのではないか。そんな空想を抱きながら私は、フランスから届けられた匂いを鼻腔いっぱいに満たした。

（37歳　会社員　千葉県）

みちくさ

西村 美香

私はそのとき、人生のエアポケットにいた。アメリカで夢破れ、職も無く、お金も無く、あろうことか住む家も無かった。もう、日本に帰るほかはない。クリスマスの夜、私は、航空券を買った残りの、最後のお金で、アメリカ横断鉄道のアムトラックに乗りこんだ。帰る前に、せめてアメリカを一周してやろうと思ったのだ。家族で過ごすクリスマスに、アムトラックに乗ってくるのは、よほどの変わり者か、ワケアリである。案の定、列車の中はガラガラだった。寂れた喫煙車両に入ると、換気扇がブーンと大きな音をたてて唸り、金髪の髪を短く刈り上げた、白人の青年が一人でポツンと座っていた。何となく気詰まりな思いで、私はベンチの端の方に座り、タバコを取り出した。と、何やらココアのような、それよりもっと濃厚な、甘いスパイスのような香りが鼻腔に入りこんでくる。思わず鼻をひくつかせた私に、青年は一言「シガー」と言った。それは、彼の指にはさまれた、葉巻の香りだったのだ。青年は、物憂げに言った。

「葉巻は、香りが良いから、周りの人も楽しめるところが良い。君は、日本人？」

日本に帰る前に、アムトラックでアメリカを一周していると言う私に、彼は少しも怪訝そうな顔をせずに、うなずいた。

「僕はイラクから帰ってきたところだ。軍隊を辞めて、フロリダの実家に戻るんだ。飛行機だと、何だか速すぎるような気がしたから、列車でアメリカを半周することにしたんだ」

私も、彼の話にうなずきながら、戦場から日常に戻ろうとしている彼もまた、人生のエアポケットの中にいるのだろうか、と思った。

それから私たちは静かに、それぞれの煙をくゆらせた。彼の葉巻からは、いつまでも香りの良い煙が消えなかったのに、私のタバコは、あっという間に指の間で灰になり、私たちは、サヨナラと言った。

（35歳　主婦　大阪府）

紫陽花

tomo

六月も終わる週末。この六月に私は二十歳を迎えた。そんなある日曜日、私に朝は無かった。大学受験で悪化したド近眼は、時計を顔の目の前へ近付けさせた。午後三時半……またか……いい加減に嫌気がさす。週末の起床はいつだって、懸命に働く人達がほっと一息、甘い物でも欲する時間。ぼんやりした頭はどれだけ寝ても寝足りない。深夜にコンビニで買っておいた梅オニギリを口いっぱいに含んでパソコンを開く。

大学では遅刻寸前で入室した大教室の後ろで講義を聴き、バイトで怒られ、シャワーを浴びて寝る。今を生きる意義、そんなのどうでもいい。高校の時、絶対になりたくないと思っていた大学生像。毎夜、霞んだ夢や将来に思いを馳せた。あの頃に思い描いた理想は滞ることなく色褪せて行く。夢を抱き京都に出てきた負けん気の強い高校生は、今では無欲至上主義の平凡娘となり、めでたさ無く成人した。焦燥感のない堕ちた現実さえ、もはや不可視だ。

普段ならば眺めるだけのパソコンに映る先輩の日記。硬くなったオニギリを食べ終えると彼氏を誘った。行き先は先輩が日記で薦める〝あじさい寺〟。自堕落な私に寺へ誘われて驚いた彼は、準備を済ませ車を走らせてくれた。渋滞の道を外れると、山頂に凛と佇む寺が見えた。滑り落ちそうな程の急斜面を登る車と鼓動は全開でアクセルをふかせる。鬱蒼たる木々からは初夏なのに冷気が零れ落ちている。車を降りた私達は手を繋ぎ、深緑のアーチを潜りながら天辺を目指す。お坊さんがお辞儀してくれると、高いヒールでカツカツ歩く自分を恥じた。夢中で進むと、急に空き地が現れた。目下に景色が開ける。

濁りない蒼の下に真っ平らの京都の町並みの絨毯、それは余りに贅沢な巨大絵画。額縁は私達を包む五分咲きの紫陽花。思わず目を見合わせた。

変だ。実家にも大学の通学路にも咲いていていたはずの紫陽花は、香水を体中に振り撒いた私にその時初めて香った。

（21歳　大学生　京都府）

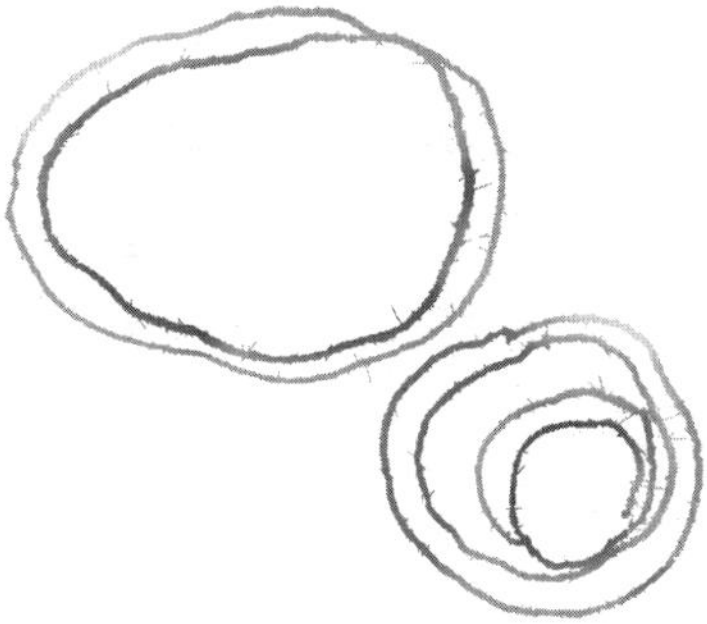

羅針盤を見出せない時代の「確かなもの」の香り

2008

「春になれば花が咲き、秋がくれば落葉する植物の方が、近頃の人類よりはるかに高級で確かなものに思われる。花でも骨董でも『確かなもの』は向こうから語りかけてくる」（作品集『かおり風景』）。

中田浩二審査委員が読売新聞の記者時代に取材したときの、随筆家 白洲正子さんの言葉です。

二〇〇八年に起こった米国の金融業界の異変は、日本社会をも直接間接に揺るがす影響がありました。

応募作品からも介護の問題、リストラの問題など、個人にかかる社会問題の大きさが窺えました。

そして、社会という「大海」で時代を読む羅針盤を見失ったとき、人々が手掛かりとした「確かなもの」の香りとは？　たとえば、家族の香りではなかったでしょうか。

畑正高実行委員長は「火によって熱を加え匂いを得る焚香」について言及し、「匂いは、一定の大きな空間の気分を変え、人々に情趣を与えたり余情を残したりする」（作品集『かおり風景』）と示しています。

そこに集まった家族から「香りの言葉」は生まれたのかもしれません。

第24回［香・大賞］入賞作品

二〇〇八年募集・二〇〇九年発表

米粒のにおい

多賀 多津子
71歳　主婦　福岡県

お盆休みを過ごした夫の生家を去る日、バス停まで送ってくれた義母が、ティッシュに包んだお金らしいものを私のポケットにそっと入れて言った。

「あんたは今年もその服で帰って来られたがけぇ。あんちゃん（夫）は長男だったので甘やかして育ててしまったがや。苦労をかけるねぇ。かんにんしてくだはれ」

義母は私に服を新調するようにと、ポケットにその代金を入れたのであった。

「違いますおかあさん、私は服装に無頓着なだけなのです」

慌ててそれを返す私に義母は「かんにんしてくだはれ」を繰り返し、二人はティッシュのお金を何度も返し合った。そんなやりとりを苦笑いで見つめていた夫が
「せっかくだから、貰っておきなよ」

と私に言った。

「そう、そう、少しだけど取っとかれ」

義母は笑顔で応え私の手にそれをギュッと握らせた。

バスに乗り込むと、小さな体で懸命に手を振る義母の姿が涙でぼやけた。

ティッシュの中には一万円と、しわの目立つ千円札が三枚入っていた。多分、持ち合わせていた全ての札を包んだのであろう。

「おかあさん……」

思わずつぶやいたとき、ティッシュの端に数個の米粒が付いているのに気づき、かすかなお酢のにおいがつたわった。昨夜、義母は夫の好物のちらし寿司を作ってくれた。その残りは小鉢に盛られ、ティッシュをかぶせて流し台の隅に置いてあった。私たちをバス停まで送ろうと台所から急いだ義母は、あのティッシュでお金を包んだのであろう。バスに揺られながら夫に「ほら、おかあさんのにおい」と差し出すと、夫は何も言わずにティッシュの米粒を指でつまんで食べ、少しだけ頬をくずした。

遠い日の思い出のにおいは、いつまでも鮮やかである。

決意の香

辻野 涼子
22歳 家事手伝い 東京都

引き戸を開けると夏でもしんと涼しい空気が私を包む。そしてあの匂い。古い木造の壁や床のそここに染み付いたタレと炭の匂い。自宅と扉一枚で仕切られているこの小さな店は、五年前に他界した祖父が三十年間鰻屋を営んでいた場所だ。口が悪くて短気な祖父だったけれど、同じ商店街の人にはとても愛されていた。油で黒く汚れた壁にはその証拠の品がたくさん飾ってある。旅行先からの絵はがきや折り紙で作ったカニの親子まで様々だ。汚れた壁の一番目立つ所に油まみれになった写真が一枚しぶとく張り付いている。私は見慣れたその写真をそっと手にとった。

阪神大震災で商店街の他の店の多くが倒壊したり火事にあった時、祖父は一日も早く店を開けたいと言って駆けつけた母を困らせた。

「鰻どころじゃないでしょ！」

と怒鳴った母に、祖父はその三倍くらいの声で怒鳴り返した。

「こんな時やからいつもここにある匂いが必要なんや！　わしの鰻の匂いがここらの人みんなを安心させるんや！」

結局祖父は震災の一週間後には店を再開させた。顔見知りのお客さんが次々と買いに来て、おいしいおいしいと店先で食べる姿を、祖父は寒い中何時間も立ちっぱなしで鰻を焼き続けながらこれまでにないほど嬉しそうに見つめていた。夜になりいつものように最後の一本を私に渡しながら祖父は感慨深げに言った。

「高いもんもおいしいもんもいっぱいあるけど、ほんまに大変なことが起こった時に人が懐かしいと思えるもんて限られてるんや。おじいの鰻もそのひとつ。匂いだけでご飯何杯も食べられるもんて他にないやろ?」

強気な一言にうなずく私を踏み台に乗せ、店の外に出た祖父は使い捨てカメラで写真を一枚撮った。

「おじいの決意表明や」

べたつく写真には幼い私が小さな明かりの下、祖父の居場所に立つ姿が写されている。震災後八年間、揺るがなかった祖父の決意。

私は写真を元の場所に貼り付けた。この冬ここが取り壊される時まで、祖父の決意もここにあるはずだ。

親心

伊藤 昭子
65歳 主婦 北海道

大晦日の朝、外泊の準備を手伝おうと、介護老人保健施設に九十歳のAさんを訪ねた。前回訪問した時、Aさんは嬉しそうに話してくれた。

「一人息子の家で年取りするんだよ」と。

ドアを開けると、既に、ベッドの上にはポンポンに膨らんだ手提げ鞄が置いてあった。幾日も前から、着替えや施設で作った手芸品を出し入れし、荷づくろいしたであろうAさんを思うと、口許がほころんでくる。

と、窓ガラスに額をつけるように外を見ていたAさんが、大慌てでベッドに引き返してきた。布団の裾をめくり鞄を押し込むと、上着を着たまま布団にもぐり込んだ。

部屋に入ってきたお嫁さんは「ばあちゃんと食べて」と仄《ほの》かに苺の香りのするスーパーの袋を私に渡し、Aさんを見下ろした。

「うちは古いから寒いしょ。風邪引いて肺炎にでもなったら困るし……」

そこまで言うと、後はあなたから話して、というように、一足遅れてきたご主人の腰を押した。A

さんから視線を逸らし続けていた息子さんが、おどおどと口を開こうとしたとき、Aさんは愛しそうに息子さんを見上げた。

「実は、私も、そう思ってたんだよ」

私は耳を疑った。いたたまれなくなって、苺を洗うのを口実に流し場に向かった。

手土産の持参を見て、すべてを読み、健気に振る舞うAさん。ひねった蛇口は苺を洗うには強すぎたが、私は冷たい水がはねっ返るに任せていた。

重い足取りで部屋に戻ると、Aさんは布団の中にすっぽり頭をうずめていた。布団の裾から灰色の鞄がはみ出している。水滴の光る苺を枕頭台に置き、そっと部屋を出ようとしたとき、Aさんはムクッと起き上がった。

「うわっ、うまそう。食べよ、食べよ」

言うが早いか、二つ三つ続けて口に放り込んだ。すすめられて、不覚にも涙をこぼした私に、Aさんは「ありがと」と言い、苺をつまんで私の掌に載せてくれた。

忘れられない大晦日となった。

ばあちゃんの家計簿

片嶋 リサ
31歳 主婦 東京都

図書館で働いていると、本に染み付いた香りに敏感になる。本を開いた時に漂う、異国を思わせる香りや、時にはカビ臭さ。それぞれの歴史が、鼻だけでなく心までくすぐるようで、私は思わずページに顔を近づける。

ある日、嗅いだことのある香りに出会った。懐かしいような、つい最近も包まれたような。思い出そうと目を閉じると浮かんできた光景、それは、狭い仏間だった。コタツの上には、大学ノート。

私は祖父母に育てられた。細々とおかず屋を営んでいた祖父母も、立ち退きにあってからは年金暮らし。かなり貧しかったと思う。「思う」どころではなく、実際貧しかったのだが、少女の私には、それを思う心の余裕はなく、反抗ばかりだった。親がいないことで、自分だけが不幸だと思っていた。

祖母はずっと家計簿をつけていた。家計簿といっても、大学ノートに線を引いただけのもので、それはいつも、仏間のコタツの上に置いてあった。中学生の頃だったか、何気なくそれを開いてみた私の頬には、気付けば涙が流れていた。

『リサおやつ　50円』

『リサこづかい　300円』

『リサ文房具　100円』

『リサ床屋　1500円』

シャケ　200円、などと並んで、そこには毎日私の名前があったのだ。丸まった背中で私を育てる苦労と、その苦労を厭わない祖母の愛情が、震える文字から感じられて、涙が止められなかった。不幸ぶっている自分が、ただ恥ずかしかった。

嗅いだことがあると感じたのは、本に染み付いたお線香の香りだったのだろう。仏間にあった大学ノートと同じ香りが、偶然、懐かしい記憶を呼び起こしてくれたのだった。

私の体に染み付いている祖母の愛情は、時を越えて、今も私を勇気づける。目には見えなくても、香りとともに、ふと蘇って。

香りのリレー

片尾幸子
80歳 無職 岡山県

沼津の友達からメールが来た。「リンゴを送ります」と。

〈あれ、沼津なら今頃はみかんのはずだが……〉

翌日、庭に出ていると、宅急便の車が表に止まり、四角い紙箱を大事そうに、抱えたおにいさんが入ってきた。おにいさんが歩くと甘い香りが吹き出して来るようではないか。

「まあ、素敵な香りね」

受け取って部屋に入ると、えもいわれぬ豊潤な果物の香りが部屋いっぱいに立ちこめた。どこに隠しようもない。妹も姪も食べないうちからにこにことごちそうさまを言う。電話でお礼を言うと「とき」という新種のリンゴで、青森の友人から送って来たとのこと。「あんまり香りがいいので、お裾分けしたの」と言う。ゴールデンデリシャスに似た琥珀色をして、肩のあたりにほんの一刷毛朱がかかっている。これはリンゴの女王さまだ。

〈うちでみんな食べてしまってはもったいない。そうだ、届けてあげたい人がある〉

岡山県の長島にある国立ハンセン病療養所におられるMさんのとこへ。

Mさんは十二歳で入所して以来、七十年近く社会の空気を知らない人だ。病気のため盲目になり、義眼を入れた生活、手も足も麻痺して用をなさない。かなしいけれど、頑張って闘病しておられる。幸いにして聴覚と嗅覚は鋭い。においの分かるうちによい香りを届けてあげたい。

私はすぐ時刻表を調べた。電車とバスを乗り継ぐと日帰りはできそうにない。そうだ、岡山から友人のO女史に車を出してもらおう。彼女は忙しい人だが、Mさんの手にも足にも目にもなって援《たす》けておられる優しい人である。

「Mさん、はいこれ！」

香りのリンゴをしずかに胸に抱かせた。彼は大事なこわれものを抱くようにそっと抱いた。そして、――しばらくは言葉を発しなかった。それから、屈みこんで頬ずりし、口づけした。部屋いっぱいにリンゴの香りが立ち込めた。よかった。皆さんありがとう。青森から瀬戸の孤島、長島へ、香りのリレーが届いたのだ。

蜜柑の花

清水 友恵
31歳　主婦　愛知県

ネロリ……？　どんな香りだろう？　……！　ふらりと立ち寄ったアロマショップ。ネロリという初めて聞く名前。その精油の香りで、幼い頃の記憶が瞬時に蘇った。……ここは祖母の蜜柑畑だ。太陽の光が燦々と降り注ぐ山の斜面。遠くに広がる真っ青な海。爽やかな風。ああ、ネロリというのは蜜柑の花の香りなんだ……。祖母について行き、私はよく蜜柑畑で遊んだものだ。うっかりすると転げ落ちそうな斜面を恐る恐る歩いたこと、収穫用の背負い籠に入れてもらったこと、祖母のぴかぴかの笑顔としわしわの手、もんぺ、地下足袋、頬被り……こんなにも自分の中に残っていたなんて。

その後、アロマテラピーの勉強をして、この体験に合点がいった。香りは、記憶や感情に深いかかわりのある大脳辺縁系《へんえんけい》に直接伝わるという。それを知ってすぐ、ネロリの香りの化粧水を買って母に送り「ばあちゃんの顔につけてやって。蜜柑の花のにおいがする化粧水やけぇ」と伝えた。その頃、祖母は痴呆で施設に入所していた。耳が遠いのもあり、話しかけても穏やかに頷くだけ。それ以外の反応を、言葉のコミュニケーションで引き出すことは難しかった。根っからの働き者で、三味線や詩吟を愛した心豊かな祖母。私は祖母の心をもう一度動かしたかった。

私にタイムスリップのようなあの体験をもたらした蜜柑の花の香り。その香りに長く、深く関わった祖母。これなら心を動かせるんじゃないか。単純にそう思った。

母が電話してきた。

「あれ、ばあちゃんにつけてやったよ。そしたらなあ……うっれしそうな顔して涙浮かべて……お母さんびっくりしたわ！」

母は興奮していた。無表情になっていく祖母を目の当たりにし、一番辛かったのは母なのだ。祖母に笑顔が生まれ、母が喜んでいる。私は本当に嬉しかった。使い続けて三本目の途中で、祖母は亡くなった。残った化粧水は母が冷蔵庫にいれたままだ。そのボトルには親子三代の思い出が詰まっている。

六月の水仙

岩元 美津子
71歳　無職　兵庫県

春が来た。桜が咲いた。小さなうちの庭にも花が咲いた。忘れな草、チューリップ、フリージア、正月の寄せ植えの葉牡丹や雑草にまで花が咲いた。

そんな中に目障りなものがある。花のおわった水仙の群れだ。花殻は未練がましく茎にしがみつき、半分枯れた葉はてんでに折れ曲がっている。今すぐ抜いてしまいたいが、そうはいかない。球根がしっかり大きくなるまでは、我慢なのだ。

五月になった。葉はかんぴょうのように枯れて地面をはい廻り、若葉の中でますます目立つようになった。

「水仙、水仙、ぼちぼち抜かせていただけますか？　庭は若い花にまかせて……」

ここまで枯れればもういいだろうと、引っ張った。

「まだまだ！」

がんとして球根から離れない。根元にすこし緑が残っているのだ。それからも時々引っ張ってみた。

「ぼちぼち……？」

「まだまだ！」

みどりの色はだいぶ薄くなったが、なかなか萎《しお》れない。とうとう、ハサミで枯れたところを切り始めたが、たくさんなので埒があかない。そこですこしずつ葉を束ね、くるくると丸めた。昔のおばあさんの髪のような、ちんまりとした枯れ葉のお団子髷《まげ》がいっぱい出来て、庭はすこしさっぱりした。

「もう、そろそろ……？」

「まだまだ！」

「そんなに、きばらんでも」

すこし梅雨らしくなってきた朝、なにげなく引っ張ると、

「もう、ええ！」

団子髷は納得したように、あっさり球根と決別した。六月十日になっていた。冬枯れの庭で、冷気に乗って流れたすがしい香りが、なつかしい。枯れ葉の匂いをかいでみた。

紫煙の香り

芝田 美津子
74歳　主婦　京都府

四十五年間、私は夫の喫煙につき合った。その煙草とライターは夫の手を離れて三年、今は遺影の前を独占している。

お線香を手向けるたびに立ち昇る一筋の煙が、紫煙となってゆったりと弧を描きながら広がっていく。その白い空間を追っていると、私の中にきまって一つの過去が見えてくる。(煙草を吸ってほしい！)——。それだけを願っていた時期があった。体調を崩してから時運にも見離された夫は、出勤拒否をくり返していた。その明暗は起床時にかかっており、そこには一本の煙草があった。

朝食の準備をすませた私が夫の寝室への階段に足をかける。その一歩から私の緊張は始まった。

(今日は起きてくれるだろうか、起きなかったらどうしよう)

祈るような時間であり、長く不安な数秒間だった。ドアを開け声をかける。その時、夫の頭がむくむくと動き、枕元の煙草に手を伸ばす。それだけで私の全身に笑みが走った。

(よかった!!)

ほっと胸をなで下ろす。カーテンを開けると顔を出した夫の元からす〜っと紫煙がなびき、やがてゆっくりと室内を満たし始める。幸せな朝の香りだった。そのあたりまえの光景がまぶしいくらいうれしかった。だが、殆どの日は、私の気配から逃げるように両手で夜具を引っかぶってもぐり込む、そのもり上がった体は、びくとも動かない塊だった。あのまま終日床を離れない父親を、物心がつき始めた娘にどう云い聞かそうかと、そればかりを頭に張りつけたまま私は、重い足を職場へ引きずる、なすすべのなさにおびえつつ、光の見えない朝をくり返していたのだった。

歳月は流れ、禁煙の声は高まる。が、私には、かつて一本の煙草をあれほど望んでいた頃が忘れられず、その声も空しくひびく。

浄土では、喫煙が許されているのでしょうか。紫煙の香りが恋しく、いとおしんでいるのは私の方かも知れませんね。

あの日の私がうなずいているようです。

ちょんと

仲田敦子
41歳　主婦　大阪府

家庭科の先生が好きだった。小学校四年生の頃だ。いつもおだやかな表情で、優しく、丁寧に運針などを教えて下さった。

職員室へ遊びに行った。

「女の子はね、手にも気をつけないといけないのよ」

ピンクのふたの容器から、ハンドクリームを私と友達の手に、ちょんちょんとつけて下さった。はじめて。手をこすり合わせて、のばしてみる。かすかにほの甘い、桃の香り。うわぁ、いい匂い。大きく息を吸いこんだ。大人の女の人になったみたい。何度も手の甲に鼻を近づけては、香りを楽しむ。手を洗うのがもったいないなぁ。子ども扱いではなく、一人前として接してもらった、と胸をそっと手でおさえたくなるような気持ち。

先生が授業の時、ふと言われた。

「先生はね、自殺した子のお葬式には絶対行かないからね、絶対」

きっぱりとした口調。胸にずんと響いた。子ども心に、自殺するなんて、よっぽどのことがあるんだろうと感じていた。それなのに、冷たいなぁ。でも、こんなにいい先生が、こんなに言い切るなんて、自殺って、そんなに悪いことなんだ。

先生に、お葬式にも来てもらえないようなことは、してはいけない。私の心に、その時刷りこまれてしまった。

冬のある日、薬局で同じようなハンドクリームを見つけ、なつかしくて買い求めた。先生がして下さったように、ちょん、と手の甲につけ、のばしてみる。もっと甘い香りだったような気がするけどなぁ。香りの記憶とともによみがえる、先生が一瞬見せた、厳しい表情。

私はいつも、ぐらぐらと揺れている。どの方向へ行くべきなのか。けれど、ある方向にだけは決して倒れない。私の足首は、ぎゅっとつかまれている。先生の言葉に、今もなお、力強く支えられている。

心にカレーライス

土居 由雅
16歳 学生 和歌山県

「もう何回も聞いたよ！」

　ある日の夕方、私はおばあちゃんに向かって怒鳴っていた。原因はおばあちゃんの何度も同じ話を繰り返すくせ。最初はしぶしぶと話を聞いていたが、にこにこと楽しそうに話すおばあちゃんが急にうっとうしくなり、つい嫌な言葉をぶつけてしまったのだ。私の口から飛び出した一言を聞いたおばあちゃんは今まで開いていた花がしぼんだように、しゅんとして黙ったまま部屋から出て行った。

「何回も同じ話ばかりするからだ」と私は変な意地を張ったまま、しばらく部屋に閉じこもっていたが、おばあちゃんが一瞬見せた悲しそうな顔を思い出すと、嫌な態度をとってしまったことへの後悔の気持ちが大きくなった。毎回何度も繰り返して私に色んな話を言い聞かせるおばあちゃん。確かにこの日だけでなく、以前にもうっとうしいという気持ちを感じたことはあった。しかし、冷静になって考えると、私はおばあちゃんの良い所を悪い所だと勝手に決めつけていたのだ。そう思うと急に意地を張っていた自分が恥ずかしくなり、いつもお世話になっているおばあちゃんに申し訳ない気持ちで一杯になった。

閉じこもっていた部屋からそっと出ると、おばあちゃんが夕飯の支度を始めているのが見えた。まな板と包丁を見つめる目は、まだ悲しそうである。私はゆっくりと近付いて「ごめんね」と一言声をかけた。本当はもっときちんと謝りたかったが、照れくさくてうまく言葉にできなかった。おばあちゃんはそんな私を見て、にこりと笑った。

「今夜はカレーライスだよ」

私に対しての返事はなかったが、その一言だけで心が温かくなった。そして今まで以上におばあちゃんの話をゆっくり聞いてあげたくなった。良い所を伸ばしてあげたくなった。

「じゃあ食べながら、もう一度同じ話最初から聞かせてね」

辺りはカレーの香りでいっぱいだった。

祖母と母と私

泉 彩公
15歳　学生　和歌山県

「人生で一番心に残っている出来事は何か」そんな質問をされたとき、大抵の人は答えに困るものだと思う。まして私はたかだか十五年しか生きていないのだから、人生というには浅すぎることだろう。けれども、もし私が尋ねられたならば、答えは決まっている。

それは、私の現在の生き方を少し変えた出来事。祖母の葬儀でのことだった。

今からおよそ一年前、私が中学二年の冬だった。母方の祖母が急死したという連絡を受け、慌てて家族で母の実家に向かった。到着したのは夜だった。お母さんは、叔父さんと一言二言会話を交わしただけで、すぐに祖母の遺体が納められた棺に駆け寄った。

多分、私がその時のことを忘れることは一生無いと思う。

忘れられるはずがない。二度と動くことの無い祖母にすがりつき、声を上げて泣いていた母の震える背中、触れた祖母の生気が通わない冷たい肌の感触、そして余りにも微《かす》かに、けれどはっきりと自己主張をするお線香の匂い——人が死んだと知らせる匂い。

お母さんは、普段とても明るい。反抗期と呼ばれる当時の私でも、母のことが大好きだった。そんな母が、背を震わせ、声を上げ、ひたすらに慟哭《どうこく》する様を忘れることなんて、できるはずがなかった。

けれども多分、私があの時のことを鮮明に覚えているのは、ただ祖母の死や母の様子にショックを受けたからだけではないのだろう。

私はあの時、母の背中に未来の自分を重ねていたのだ。いつしか大人になり、年を重ねて、やがて直面するだろう母親の死を、生々しい形で受け取ったのではないか。時折、そんなことを考えたりもする。線香の匂いを嗅ぐ度に、あの時の冷たい死の匂いを思い出したりもする。

だから私は、今日も私らしく生きている。遠い遠い未来の、いつか来る別れの時に流す涙は、せめて後悔が少ないように願いながら。

潮錆《しおさび》の町

高村　紫苑

小樽駅のホームに降り立つと潮の匂いを含んだ七月の風がめっきり白くなった夫の髪に戯れた。視野を塞がれた夫のその髪を私の手が撫であげる。いつしか身についた私たち夫婦のあ・んの呼吸である。十三年前、夫は脳卒中で倒れた。五十九歳だった。右半身麻痺と言語障害の後遺症が彼の人生を一変させた。いまは杖をついてなんとか一人で歩けるし、言葉も意思の疎通ができるところ迄回復した。

その日の午後、小樽の海が見たいと夫がいう。札幌からJRで一時間、夫婦で小樽を訪ねるのは何十年振りか。駅前からバスで祝津《しゅくつ》へ向かう。祝津は昔、鰊御殿のあった所で海に突き出た岩塊から小樽の海が一望できる。

新婚当時、彼は某民放局の報道カメラマンだった。学生時代、陸上競技で鍛えた肉体は倒れる迄病気一つしなかった。集中治療室で「くやしい……」と私にはじめて涙を見せた。

祝津の岩場に並んで腰を下ろし海猫が飛び交う群青の海を眺めながら、私は四十五年前のあの夏の日を思い出していた。仕事で小樽の海に潜るという夫と祝津の宿で落ち合う約束をした。宿の窓から日本海の荒波を見ながら〈あの海の底のどこかに彼がいる〉と思うだけで身体が熱くなった。その人はいま、私の横で同じ海を見ている。その眼差しの先に落日の輝きを残しながらいままさに夕日が沈もうとしていた。きらめく光の帯が次第に消えてゆく。昏《く》れてゆく命への愛しさが急に込み上げてきた。そしていま、二人でここに居る幸せを感じた。帰りは小樽運河の傍でバスを降りた。観光客で賑わう表通りにもう昔の小樽はない。私たちは裏通りの路地へ入った。

「潮錆の匂いだ」

と夫が歩を止めた。

「しおさび？」

「長年潮風にさらされて金属が錆びた匂いだよ」

そういえば鉄の錆びたような匂いがした。

「これこそが小樽の匂いだ」

なつかしむように夫が言った。私は嗅覚いっぱいに潮錆の匂いを吸い込んだ。

きょうという日の思い出のために——。

（68歳　朗読家　北海道）

兄の匂いです

坂口保典

山に囲まれた田舎の兄の家に行くとテーブルの上の主役は畑で取れた野菜です。煮たり炒めたり漬けたりしてあります。それに卵と豆腐が組み合わせてあります。

「田舎は何にもねくってな」

お袋が言います。

「いつも同じ様なものばっかで」

兄嫁も言います。

私も十八歳まではそれを食べて大きくなってきました。それを知っている私は働くようになってから、小さいダンボール箱に肉や魚を詰め田舎に帰っていました。

一年の内の幾日かは私の刺身やハムがテーブルの上で自己主張していました。

私は得意になって「この刺身は本マグロだ」、「このハムは高島屋で買った」と講釈をしました。

兄は無口になって聞いていました。

「高かっただずに」

おふくろや兄嫁がそう言ってくれると、いっそう私の自慢話は熱を帯びてゆきました。


年金暮らしになってからは懐がそうはさせてくれません。スーパーで値段とにらめっこしますが本マグロは私から泳いで逃げて行きます。比較的安い「しめ鯖」や量の多いお得な焼肉などを持って行きます。

兄の家のテーブルの上は今も芋や季節の野菜が主役です。そこに並ぶ私の土産の肉は値段相応に硬めです。とろけません。得意に講釈するようなものではなくなりました。自慢話にも力が入りません。それで私は背伸びせず自然体になりました。

「胡瓜いい匂いだね」「この大根甘みあるね」と畑のものに講釈を加えます。お世辞ではなく本当に美味いです。野菜がこんなに美味いものと今まで気がつきませんでした。

あれやこれや自慢話ばかりしていた私が、大根や畑の話をするようになってから、寡黙だった兄はすごくいい顔をして野菜作りの話をしてくれます。

「そろそろ帰るで」と言うと
「もう帰る、まだ早いで」

兄はもっと話したそうな顔をします。

帰りには芋、葱、胡瓜、茄子、南蛮などダンボール箱に入れてくれます。帰りの車のトランクは畑の匂いでいっぱいです。兄の匂いです。


（66歳　無職　長野県）

ほたる

関名ひろい

暗雲が垂れた空の彼方から遠雷が響く。奥まった部屋を覗いた。母の姿がない。私はいつものように家を飛び出した。ポトリと滴が額から首筋にしたたる。まなし、篠突く雨となった。うす闇が一瞬にして暗黒の世界に包まれた。私は音堀川の土手を直走《ひた》った。鉄橋を走るふたつの灯りに、ぼんやりと母が浮かんだ。

「母さ〜あん」

「どちらさまですか?」

母はぐしょぬれの少ない白髪を、か細い指先でかきわけて、にたりと笑った。素足に草がこびりついていた。齢《よわい》、八十三の母が認知症になって早や五年、昼夜を問わず母を追いかける日々が続いていた。雨足が弱まった。闇が溶けて、土手の草木の輪郭が、朧《おぼろ》げな佇まいをみせる。焼けただれたであろう野草も生気を取り戻したかにみえた。灼熱での草いきれが、水気を含んで、うららかな香りとなって鼻に絡みつく。

「帰ろうよ。母さん」

私は母の手をとった。母のぬくもりが心に染みた。ふと、幼少の頃が蘇った。母の手に引かれて、螢狩りに行った。田んぼの畦道を通った先に小川があった。竹やぶにきらりと、まるで宝石のように螢は光をちりばめていた。

「螢って、命が短いのに、一所懸命に生きているんだね」

母は目を細めて、螢の乱舞をみつめていた。帰りがけ、虫かごは、からのままだった。「ホーホー螢こい、あっちの水はからいぞ。こっちの水は甘いぞ……」

いつも母が口遊《くちずさ》んでいた。

夏も終わりがけ、秋風がそよぐ頃だった。母は弱り、徘徊することがなくなった。なぜか、元気だった母が愛しくなった。陽が落ちたある夜のことだった。母が、いざりながら縁側に辿りついた。

「あっ、螢だ」

母が庭先を指さして叫んだ。

「どこよ、母さん」

「ほら、みてごらん。アキラ」

私はドキッとした。母が私の名を呼んだ。何年ぶりだろうか。ガラス戸を開けると、草いきれがした。

「母さん、螢だね」

「ホーホー螢こい……」

庭先の螢草が夜露で光っていた。

いつしか、私も口走っていた。

(66歳　無職　神奈川県)

一回こっきり

石井 泰子

私が子供の頃、家の庭先に葡萄棚があって毎年たわわに房を付けたが、見掛けとは裏腹に恐ろしく酸っぱい上にえぐ味もあって、食い意地の張った私ですらとても食べる気にもなれずいつも見捨てられていた。

あれは中学一年の頃だったと思うが古い布団でこんもりと包まれて座敷の隅に置かれた木の樽から仄《ほの》かに甘い香が漂い始めた。その上、布団に耳を押し付けるとプツッ、プツッと小さな水玉が弾けるような音までしている。

私はその香と音が気になって宿題も手に付かず、堪りかねて布団の端をそーっとめくり始めた途端、何処からか祖母が走り寄って

「何してるの？　これは子供の見る物じゃないの。絶対に開けちゃ駄目！」

と叱り飛ばしながら布団の周りを麻紐でぐるぐると巻いて端をきゅっと片結びにした。

日にちが経つにつれて布団の山からは益々濃厚な香が立ち昇り部屋中に充満したが、祖母の目が光っているため、麻紐を解くことはおろか「あの樽の中身は何なの？」と聞くことすらできなかった。

十一月の終わり頃、学校から帰ると布団の山は跡形もなく消え座敷には残り香が漂っているばかりだった。私は大事な物を横取りされた気分になってその場にへたり込んだ。

それから十日ほど後、すでに就職して一人暮らしをしていた姉から祖母に葉書が届いた。

——おばあちゃん、葡萄酒をありがとう。一升瓶を開けかけた途端、スッポーンと栓が天井まで飛んで行って跳ね返って来たのには吃驚しました。庭のあの不味い葡萄がこんなに美味しいロゼワインになるなんて二度吃驚です。おばあちゃんは何でも無駄にしないで工夫する人なんですね。でもね、これは密造酒だから一回こっきりにしてくださいね。他人には言わないでこっそりいただきます。——

今年もボージョレー・ヌーヴォー解禁のニュースを聞きながら、香しか味わえなかったちょっと危ない葡萄酒を思い出している。

（64歳　会計事務所勤務　東京都）

百分の一のバラの命

熊谷　貴美子

朝、バラを一輪もって、娘の病室に入る。

「おはよう、まみ、バラがさいたよ」

私の声に向けてくる娘の視線を、バラは受けとめる。私は娘の頬に顔を近づける。ふたりでバラの香りをかぐ。ほんのり甘酸っぱい香りが鼻をくすぐる。南に向いた大きな窓から秋の陽が射し込んでくる。

娘がどこまで見えているのか、分からない。聴力はしっかりある。バラを近づけたとき、娘の顔にかすかな変化が生まれる。だから嗅覚も残っているにちがいないと私は確信する。

中学二年の夏休み、娘は脊柱側彎症の手術を受けた。が、私たちの前に戻ってきたときには無酸素脳症に陥っていた。無気肺のため繰り返す肺炎、絶え間ない痰に苦しめられた。入院は今、十四年目を迎える。私は毎日娘の元に通う。語りかけ、痰を吸引し、リハビリをする。車椅子で病棟の散歩をする。

一輪でもバラが咲くと真っ先に娘にもっていく。病棟の食堂で水切りする度「きれいですね」と声をかけられる。すると、私のバラ自慢がひとくさり始まる。

「茎を土に挿していたの。百本挿して、この一本だけ芽が出たのよ。だから百分の一のバラ……」

娘の入院の間に、向かいの家に新婚さんが越してきた。娘が入院していると言うと、折りにふれ両腕一杯のバラをいただくようになった。おじさんがバラの園芸農家だという。ふと思い立ち、切り捨てた茎をプランターの土に挿し始めた。するとある日、細い茎に小さな芽がぽっこり顔を見せたではないか。赤いバラが一輪咲いたとき、お向かいさんに見せた。喜んでくれた。同時に、娘の入院する病院のある市に引っ越すことにしたと告げた。

街中のマンションのベランダにバラは成長し、四季咲きの深紅のバラが咲き続ける。

百分の一のバラの命。生命の危機を幾度も幾度も乗り越えてきた娘の命。娘とふたりで、このバラの香りをかぐとき、命が今あることの奇跡を私はかみしめる。


（62歳　主婦　福岡県）

おかあさんはいい匂い？

渡邉昌子

「お母さん、これ母の日のプレゼント」と言って大学生になったばかりの息子が、若草色の包みをくれた。開いてみるとこれも若草色の瓶につまった香水だった。シャイでずぼらな彼がバイト代で買ってくれた初めてのプレゼントだった。

香りは柑橘系でいかにも十代の男の子が好みそうなものだったが、まあ良しとしよう。ふと瓶の底をみると香水銘が「サムライ」とある。

「うん？」

案の定、その日から彼は出かけるたびに私の部屋に入ってはシュッとひとふきかけてゆく。何のことはない。それが彼の最初からのねらいだったのだ。

これに味をしめたのか、次の年も香水だった。今度はピンクの箱にご丁寧に赤いリボンまでついている。香水銘はというと「アイーラブーユウ」。花の甘い香りが妖しい。まさか、彼は「マザコン」ではなかろうか。

彼いわく。

「それをつけて、少しは若者の匂いをさせたほうがいいよ。年なんだから」年だけ余計だけれど、気づかってくれる気持ちがうれしい。

三つちがいの姉娘はちょっと値のはるシャネルの「マドモアゼル」を贈ってくれた。

香りにこだわるようになったのは、こどもが中学生の頃だった。ある時娘が

「えい子ちゃんちのおかあさんはいいな。若いしすごくイイ匂いがするんだよ」

この言葉にはっとした。結婚も出産も遅かった私はたまに保護者会にゆくと周囲はみんな私より若いお母さんばかりだった。こどもは気にしていたのかもしれないと思うとショックだった。

よし、年齢は隠せなくてもイイ匂いのするお母さんにはなれるぞ。加齢臭なんて言わせない。香りをまとえば、心は「マドモアゼル」である。

この春、就職の決まった息子が家を出るという日、彼が私の肩ごしに言った。

「お母さんていい匂いがするんだね」

ありがとう、涙がこぼれそうになった。

（62歳　教員　千葉県）

粟餅と母

松浦 勝子

冬休みの楽しみに、餅つきがあった。

朝食が済むと、さっそく母が蒸し始める。しばらくして、かまどから、もち米の蒸し上がったほのかな香りが部屋に立ち込めてくる。いよいよ兄たちの出番。杵を下ろすたびに、ハイ、ハイとかけ声をかける。そしてペッタン、ペッタンの音と調和する。ハイペッタン、ハイペッタンのリズムがなぜかおかしい。箸が転げてもおかしい時期があるというが、笑い始めると私の笑いは、なかなか止まらなくなる。座敷で笑いころげていると、父の大きな声がする。

「つき上がったぞ。勝子の出番!」

母がちぎったのを丸めるのが私の仕事だが、これがなかなか難しい。不恰好に丸めた餅を見て、再び笑い始める。

「勝子は何がそんなにおかしいとかねぇ」

母はもらい笑いをしながら、あきれていた。

餅は白だけではなく、粟餅もついた。粟の黄色い餅は、舌にざらついて、白ほどおいしくはなかった。

ある日の夕食は、ぜんざいだった。

裸電球の下で、家族全員が大鍋を囲んだ。

みんなが箸をつける前に、母が言った。

「白餅ばっかり食べんで、黄色も食べてよ」

鍋の中に、みんなの箸が突っ込まれた。と、その時、真っ暗になった。停電だ。

母がロウソクに火を灯すのももどかしく、お腹を空かせた子どもたちは、食べ続けた。ようやく電気が点き、鍋底を見ると、わずかな汁に数個の黄色い餅が浮かんでいた。

「まあ、あんたたちはあんなに薄暗い中でも、色が見えるっちゃねえ」

と言い、やっと母の口にも餅が入った。暗い中でも色が見える。これがおかしくて、また私は笑い始めた。

あのころ、なぜあんなに笑ったのだろう。嬉しくて楽しくて、きっと幸せの表現だったに違いない。もう一度、みんなでふるさとの、あの餅を食べたい。そして、今度は黄色を私が食べて、母には白を食べさせてやりたい。


(60歳　事務員　福岡県)

ポチポチ三斗

棚橋すみえ

庭掃除を済ませ、手を洗おうと洗面所に行くと、蛇口の先から水が細い筋を引いて垂れています。

「またやっちゅう」

と呟きながら、慌てて栓をキュッと閉めると、私は娘の部屋に直行しました。

「あんた、いま顔洗いよったろうがね。また水出しっ放しにしちょったで。まっことと気をつけんとポチポチ三斗ぞね」

色んな化粧品が混ざり合った匂いのする部屋でメイクに夢中の娘に、思わずこう怒鳴りつけていました。

でも、娘の方はまるであっけらかん。それどころか
「なにそれポチポチ三斗って変な言葉。どういう意味なが」

と開き直ったかのように、ふくれっ面で聞き返してくる始末です。

そんな娘に
「ちょっとの水でもたまったら三斗にもなる。要は無駄なことをしたらもったいないことになるという戒めよえ」

と力説していたら、ふっと亡き母の顔が浮かんできたのです。

そう「ポチポチ三斗」というのは、若き日、私自身が何度となく水を出しっ放しにした、その度に母に言われ通した言葉だったから――。

そういえば、あのころ私もいまの娘と同じように反発し、文句ばかり言っていたなあ……。

そのときです。私が少し怯《ひる》んだのを感じとったかのように娘が
「分かったわえ、これから気をつけるき。けんど、本当に閉めたつもりやったがやき」

と言ってきたのです。そこですかさず、私は
「それを後見ずそわかというわえ。ふり返って見んと、なにが起こっちょっても気づかんということよえ。まあ確認せんといかんいう意味よ」

と一喝。さらに続けて
「あんた顔磨くより、気持ち磨いた方がもてるでえ」

と言い放ってやりました。

もっとも、これも遠い昔、私が母に言われた言葉、そのまんま受け売りなんですが……。

「エエ、なにそれ言い過ぎやんか」

と声を荒げる娘を尻目に部屋を出るとき思わず呟いていました。

「あのとき私の部屋もなんぼか化粧品臭かったろう。お母ちゃんごめんね」と。


（59歳　自営業　高知県）

母の香

倉葉　明子

私は両親の第一子として生まれた。第二子の妹とは五歳の違いがあるから、最初の五年間は一人っ子のようなものだった。子煩悩な父のおかげで、私はまるで父の膝を第二の棲《すみか》のようにした。毎晩仕事から戻ると父は私を膝に乗せ、本を読んだり、昔話をしてくれた。ポマードと少しばかりの汗臭さの混じった匂いが「父の匂い」として私の臭覚に残った。それに引き換え、母は匂いのない人だった。それは私が父に比べ、母とスキンシップを持たなかったからだろうか？　母は間違いなく妹を私以上に慈しんだ。いや、慈しんだように子供の頃の私は感じていた。

高校三年。あれは確か進路の話から、また母と衝突した翌日だった。私は挨拶もせずに学校へ行こうとした。

「今日は午後から雨が降るらしいよ」

母はそう言って折畳み傘を私に差し出した。

「雨のわけないじゃん」

私はぶっきらぼうに言い放って、真っ青に晴れ上がった空の下へ飛び出した。午後からは暗雲が立ち込み、大雨が降り始めた。駅に着いた時、雨脚は更に激しくなっていた。恨めしく雨を見つめ、「仕方ない」と走り始めようとした時だった。

「遅かったね、今日は部活だったっけ?」

いつの間に来たのか、母が傘を差し出した。

「母さん、買物して帰るからね」

母はそう言って立ち去った。大雨のため、わざと選んだのであろう、大きな父の傘。心の整理をつけあぐねていた私に、駅のキオスクのおばさんが話しかけてきた。

「お母さん、一時間以上待っていたんだよ、あんたのこと」

傘を握り締めた時、金木犀の香りが微かにした。私は傘を広げずに駅を飛び出した。雨が頬に流れる涙をうまく隠してくれた。

あの日、私の反抗期が終わった。我が家の庭にある金木犀の香りのする母が妙にいとおしくなった。何故だかは分からない。ただあの日、私は間違いなく父の匂いを卒業し、母の香りが好きになったのだった。

（55歳　会社員　イギリス）

地球も「香・大賞」も生物多様性に支えられている

二〇〇五年に発効された京都議定書をきっかけに、

「生物多様性」という言葉が一般に認識されるようになりました。

「香・大賞」の作品は、たとえば、家族や友人との心のつながりや自らの心情を伝えるものであっても、そこに導く役割を植物や動物など自然に生きる香りが担っている場合が少なくありません。

つまり、地球の自然環境が破壊され、生物多様性が維持できなくなったとき、人間が表現し産み出す文化の存在も危うくなることは想像に難くないでしょう。

作品集『かおり風景』で畑正高実行委員長は、人類が具現化してきた文明の歴史と持続可能な生物多様性環境の両立の難しさを説き、中田浩二審査委員は初かつおを俎上に、生物界も人間社会も文化も「多様性」というバランスが不可欠であることを主張しています。

藤本義一審査委員長は、アフリカや南米で出会った、チューインガムの匂いに反応してもその塊には長い舌を伸ばさなかったカメレオンの存在に注目しました。

好奇心と警戒心のバランスこそ野生の知恵と見受けました。

2009

第25回［香・大賞］入賞作品

二〇〇九年募集・二〇一〇年発表

天使とユーカリ

三浦 夢斗
24歳 会社員 東京都

幼い頃、喘息を患っていた僕は、よく入院をしていた。小学一年生の夏、軽度の肺炎を併発して入院した僕は、隣のベッドの同い年の女の子と仲良くなった。一緒にお菓子を食べたり、遊戯室に行ったり、塗り絵やおままごとをしたり、気づけば同じベッドで寝ていたり、子供なので病人だという自覚もなく、とにかくずっと一緒に遊んで笑っていた。心臓病で入院していた彼女の枕元には、いつも赤いランドセルが置いてあったのを憶えている。新品のランドセルだった。

「学校って楽しい?」

そう訊いた彼女に、僕はどう答えたのだろう。今は忘れてしまった。

僕はユーカリの木片が入った小瓶を持っていた。ユーカリの匂いは呼吸を楽にする効用があるらしい。細かく刻んだユーカリの木片に、ユーカリエキスを滴らすと、つよい香りが立ち昇る。彼女と布団にもぐって、その香りを楽しんでいたとき、咳が出た拍子に、僕は小瓶をひっくり返してしまった。喘息の発作がはじまったのだ。彼女がナースコールを押した。吸入器をくわえる僕の背中を、ずっと彼女がさすってくれた。こういうことは親だけがするものだと思っていた。ユーカリが香る。その日は不思議とすぐに発作はおさまった。

僕の点滴もとれて、そろそろ退院という頃、夜寝ていると隣が妙に騒がしかった。その喧騒はすぐに静まった。翌朝目を覚ますと、隣のベッドには誰もいなかった。真っ白なシーツ、机の上の鮮やかな花、それらが大窓から射し込む朝日に照らされていた。何か厳粛な空気が張りつめていた。

「天使になったのよ」

彼女の所在を尋ねた僕に母が言った。

現在、喘息はほとんど治っている。なぜ「ほとんど」かというと、年に一、二度は発作が起こるからだ。季節は決まって夏。症状は重く、薬を試しても効果はない。だが不思議なことに、誰かに背中をさすってもらいながら、ユーカリの匂いをかぐと、ものの三十分ほどで症状は消える。医師は首をかしげるばかりだ。

筑前煮

徳山容子
50歳　主婦　山梨県

夕飯に筑前煮をつくる。

嫁入り前に母に仕込まれた筑前煮は、数少ない私の自慢料理のひとつだった。

冷蔵庫から野菜を取り出し、具材の下拵えを始める。炊飯器から吹き上がる蒸気が、メトロノームのように調理のリズムを刻んだ。

不意に、昼間、友人のユキ子さんから聞いた話を思い出す。

ユキ子さんの娘さんは、先日までお産のため里帰りをしていた。赤ちゃんは無事に生まれ、産後の休養も十分に取って、五日ほど前に娘さんは嫁ぎ先に戻ったのだそうだ。

「お姑さんから電話があったのよ。『嫁と孫がお世話になりました』って。昨日になってコーヒーの詰め合わせなんかも届くし。当たり前のことなのかもしれないけど、なんか悲しくなっちゃった。もう、うちの子じゃないいんだ、って改めて思い知らされたみたいで」

お姑さんに悪意はない。ごく常識的な方法で感謝の意を表しただけだ。それはユキ子さんにもわかっている。でも、彼女は傷ついた。

鶏肉と野菜を鍋に入れて炒める。全体に油が回ったら、調味料と水を加えて煮込む。

ユキ子さんのやりきれない気持ちは、私にも何となくわかった。私は自分の母に同じような思いをさせてしまったことがある。

結婚して一ヵ月が経った頃のことだ。父の誕生日だったその日、私は夫に了解を得て実家に一泊した。すると翌日、夫の母親が私の実家に電話をしたのだ。

「うちの容子がお世話になりました」

母は電話を切ったあと、涙をぬぐっていたと父から聞かされた。

鍋の蓋がカタカタと踊り始める。筑前煮の匂いが、家中に広がっていた。

ほらね。

大丈夫、ちゃんとここにある。親子の証が、ここにある。戸籍上は他人になっても、私の作る筑前煮の匂いは母のそれと同じ匂いだ。

久しぶりに母に電話してみようと思った。

手化粧

白鳥
43歳　主婦　新潟県

ばあちゃん子だった。共働きの両親に代わり、祖母が私を育て、無償の愛情を注いでくれた。祖母の手は、いつも畑の匂いがした。大きくて厚い手。爪先は土で真っ黒。お世辞にも美しいとは言えない手だが、温もりを感じるその手が大好きだった。抱きしめられるたび、私は祖母の手を自分の頬に当て、確かな幸せを実感するのだった。

私が通う保育園で、バス遠足があった。仕事を休めない母の代理で、祖母が行く事になった。普段は農作業着で過ごす祖母に

「ばあちゃん、うんとお洒落な恰好してね」

と私は言った。深い意味のない、何気ない一言のつもりだった。だが、祖母にとっては重い言葉だったのだろう。

祖母は箪笥から服を取り出しては溜息をつき、また片付けるという動作を繰り返した。そして遠足前夜、ついに思い立ったように洗面所へ向かい、長時間、戻って来なかった。

遠足当日。祖母を見て、私は落胆した。どう見ても流行とは無縁の服。鞄も靴も古臭い。祖母なり

のお洒落の限界だろうが、幼い私には納得できない。そしてその祖母の恰好が（なんで、うちだけ、ばあちゃんなんだろう）という理不尽な想いを呼び起こさせた。

祖母を嫌いな訳がない。が、急に湧き出した自分でも不可解な不満が、一気に爆発した。「ばあちゃんと一緒に行きたくない！」

大声で泣き叫んでいた。突然の出来事に戸惑い、慰める祖母の手を私は無情に撥ねのけた。

次の瞬間、祖母は両手で自分の顔を覆い、嗚咽《おえつ》をもらした。うずくまり、肩を大きく震わせる祖母を目の当りにし、私はうろたえた。泣くのをやめ、祖母に近寄り、祖母の顔を覆う手を、じっと見つめた。

爪先の土が綺麗に落とされている。祖母の手に触れても、畑の匂いがしない……。ハッとした。何も匂わさず、祖母そのものの匂い。それが祖母にできる精一杯のお洒落である事に、私はその時ようやく気付いたのだった。

汗の香り

LE THI LANH
22歳　大学生　新潟県

農民たちの汗は痩せた田畑に落ちて、やがて稲や芋の新緑が覆うときが来る。私たちの周りの立派な建物も労働者の汗に濡れている。早朝届く新聞からも、配達員の汗の匂いがほのかに残っている。どんなものからも、働く人々の汗の匂いが伝わってくる。

私の故郷ベトナム北部は干ばつの時もあれば、洪水も多く、自然に恵まれないが、人々はいつも「力を出して汗をかけば、絶対に稲穂も芋も出て来る」と信じて働いている。私の父母の肌も、他の農民のように強い陽射しや雨風のために、真っ黒くなってしまった。父母は毎朝私がまだ起きないうちに田んぼに出て、暗くなるまで働いていた。中学校に入ってからは両親を手伝うことになったが、まだ洗濯機がなかったので、父母の衣服は私の手で洗っていた。洗濯のたびに、いつも父母の苦労の香りを感じた。それは、土地の味の酸っぱさ、人の力の塩辛さ、雨の甘さ、草の苦さが混ざってできたような香りだった。私が生まれてから今まで食べてきた物や、もらったお金にも、その香りをいつも感じてきた。私の肌にも両親の汗の匂いがするように思う。

ベトナムでも日本でも、汗というと「汗臭い」という言葉があるように、良い香りだと思われていない。しかし、故郷を遠く離れて、日本にいる私の夢の中に懐かしく香ってくる父母の汗の匂いは、私の生きる力になっている。

人の成長は両親の汗だ。誰もが両親の最も価値ある存在であり、最も素晴らしい結晶だ。だから一日一日を大切にしなければならないと思う。

世の中は、巨大な建造物から針のように微細なものまで、人々の汗からできている。「汗の香り」は労働の価値と両親の有り難さを私たちに教えてくれる。だから、どのようなものでも、作った人々の苦労を感じ、大切に使わないといけないのだろう。皆、私たちのために川ほど汗をかいて作ってくれたのだ。彼らの「汗の香り」を感じるたびに感謝し、それを受け継ぎ、未来の人々に伝えていきたいと心に刻んでいる。

今日も両親の香りを思い出し、私の命を大切にする一日にしよう。

接ぎ木

中川 章治
45歳 教員 大阪府

新潟で独り暮らしていた父が、京都に越してきて二年になる。

新潟の冬は、年老いたものには辛く、庭木の雪囲いや毎日の雪かき、これまでも、帰省するたびに、雪のない関西に出てくるように誘っていた。それでもなかなか首をたてに振らなかった頑固者の父が、ようやく重い腰を上げた。六十五歳を節目に、商売を止めていたこともあるが、庭の梅の木が枯れてしまったことが、最後には決め手となった。

庭の梅は、珍しい種類で、匂いも強く、枝やガクは緑色をしていて、花の季節には白い花と合わさって、優しい風景を見せてくれる。木自体は父が店を始めた時に植えたものなので、樹齢四十年は越えていただろう。花の開花は春の到来が間近に迫った、嬉しい知らせであり、厳しい冬の生活を勇気づけてくれていたにちがいない。それが突然、枯れてしまったのだ。私にはそれが、父の健康や生活を気遣った木が、引越しを渋る父の背中を、そっと押してくれたのかもしれないと思った。

父も京都での生活に慣れ、新しい暮らしを、十分に楽しんではいるようだが、時折窓の外を見ては、庭にあった梅の木のことを懐かしそうに話すことがある。

そんな父にある日、贈り物が届いた。それはわざわざ新潟の友人が大切に車で八時間もかけて持ってきてくれた植木鉢だった。以前、庭の梅の木を分けたものを、父が寂しがっているだろうと、接ぎ木の鉢植えにして持ってきてくれたのだ。その梅は台木が違っても、確かに、花軸は緑色をしていた。それを手にした時の父の喜びようと、友人の笑顔には、厳しい北国で生きる、人と人との絆を感じさせられた。

それから数日後、優しい淡い色の花を咲かせた梅の木からは、親木に負けない清楚な香りが家中に漂っていた。それは場所を変えて始まった父の第二の人生が、さらに充実したものになることを予感させる香りだった。

私が香りをつけるとき

本多直美
46歳　勤務医　福岡県

今まで、何人の患者さんを送ったのだろう。仕事を始めた頃は、ただもうがむしゃらに働いた。化粧とは無縁の何年かの経験を経て、医者として独り立ちできたかなと思えたときに、道の分岐点を過ぎたと感じた。私が選んだのはぎりぎりまで戦う道ではなく、死を受け入れる道。諦めるという意味ではない。残された大事な時間を戦いに費やさず、患者さんにご家族と一緒に大事に生きてもらう道。

患者さんの状態がだんだん悪くなる。意識が混濁してくる。ご家族に状況を伝えるとき、一言添える。

「お答えが返ってこなくても聴覚は残っています。だから声をかけてください。優しい気持ちになれる言葉、心が安らぐ言葉を」

そして私は出勤する前にコロンの瓶を手に取る。不謹慎と思われませんようにと、ほんの少しだけ花の香りをつける。聴覚が残っているのならば、嗅覚だって残っていると思う。だから私は香りを自分の合図にする。横たわった患者さんの息は弱々しく、呼びかけに反応しない。でも一人じゃないよ、私はそばにいるよという合図である。そして、この香りで朦朧とした意識の中に幸せな思い出を蘇らせることができればいい、夢を見ているのであればそれが美しい夢となって欲しいという祈りだ。私も言葉や音楽や香りに包まれて逝きたい。それでは私の場合どんな香りが一番気持ちが落ち着くだろうと考えると、幼い頃に顔を埋めた母の懐や整髪料と汗のついた父のシャツを思い出してしまう。

〝香り〟というよりは〝匂い〟になってしまうのだが、人の息づかいや温もりに最期まで触れていたい。お見送りをした部屋のお線香の香りは、外に出て車に一礼すると風に流されていく。今朝つけた花の香りを微かに感じながら、その人の笑顔や言葉を改めて思い出してみる。

七十年目のラブレター

高木 志保
34歳 会社員 岐阜県

数日前に他界した祖父の遺品の整理をしていた時のことだった。

「あっ」

小さな背中を丸めた九十歳の祖母がふいに驚きの声を上げた。引き出しの奥から出てきたものは埃まみれのざら紙の封筒だった。

「ばあちゃん、それ何の手紙やの？」

封筒を手に取った祖母はしばらくの間、考えこんでいたが、裏面に書かれた力強い祖父の『勇《いさむ》』の差出し名を見ると、全てを思い出したようにみるみる顔をほころばせ、嬉しそうに笑った。

「とうとう、開けず仕舞いでおじいさんを見送ってしまったんやな」

それは七十年前、祖父が祖母に宛てたラブレターだった。明治生まれの二人が出会ったのは戦争のさなかだった。空襲にあい、疎開先へ逃げ惑っているうちに祖母は手紙を開ける機会を先延ばしにし、やがて終戦をむかえ、祖父と無我夢中で生きてきた中で手紙を保管したことすらも忘れてしまっていたのだった。

しわくちゃの指で祖母が封を破ると、中から乾いた懐かしい匂いがほんのりと辺りに漂った。

『千代ちゃんへ

戦争で僕らは貧しい。そしてこの先の生活の程度も知れたものだと思います。それでも僕は千代ちゃんが好きです。だから僕は頭を下げていこうと思います。千代ちゃんと生きるためやったら何百回でも何千回でも、こげん頭下げてやるつもりです』

もともと口数が多いほうでは無かった祖父が綴った飾り気のない言葉のやさしさは、孫である私の心にまで深く沁み込むものだった。長生きをすることは愛する人を失う悲しみを受ける過程であるかも知れない。しかし悲しみ以上に愛されていた祖母がここにいることを私は知った。

するとさっきからうつむいたままの祖母が、私に聞かせるともなくぽつりと言うのだった。

「また、おじいさんと生きていかれる」

ミカン闘争

若山結生
31歳　無職　千葉県

私はミカンが嫌いだ。子どもの頃からなので、もう二十年以上になる。しかし、家族はみなソレが好きである。とくに食後の口直しにと言って食べるのが好きらしい。

私は食べるのが遅い。そして家族はみな、私より食べるのが早い。

必然として、私の食中にミカンの香りが漂うことになる。香りは、おいしさに大きく影響を及ぼすものだ。この中では何を口に入れても、すべてがミカン風味になってしまう。しかも私にとっては、にっくきヤツの香り。実に不快なのである。

そこで「やめてくれ、せめて私が食事を終えてからにしてくれ」と、顔をしかめて言い続け、ようやく最近、理解を得られるようになった。

最初のうちは「なぜこんなにおいしいものを」「ぜひ良さをわからせてあげねば」と思ったのか、熱心なお勧め活動に出られ、嫌な思いをした。そこでいかに嫌いであるかを、しっかり認識いただくために、ミカンに対して、はっきりきっぱり大げさに「拒否」を表現してきた。

結果、ミカンが食卓にある季節、食事を終えた家族は、私が食事を終えるまで妙にそわそわするようになった。私が食事を終え、部屋に戻るのを待っているのである。多少のプレッシャーはあるが、もちろんこれはしようがない。黙々と食べて、部屋に退場する。

だが、まれに食後すぐにコップを取りに戻ったりすることがある。すると、あわてて食べかけのミカンを口いっぱいにしまいこんだり、皮ごと手の内に隠し、いかにも何事もなかったような顔を装ったりする。どんなに、目に入れないようにしてくれても、香りは充満仕切っているのに、まるで抜き打ち検査にあった学生のような反応である。

食中を避けてほしいだけだったのだが、えらく恐がられてしまったものだ。

襲名

正村 知子
46歳 中学校非常勤講師 愛知県

我が家に空気清浄機がやってきて一年になる。実は彼には名前がついている。製品番号とか記号の類ではない、歴とした名前である。清浄機『スネサブロ』だ。次男の幼少時の別名を『スネジロ』というが、由緒ある「スネ」を継ぐものとして、これ以上の適任はいないだろう。次男は、三つ違いの兄と同じ扱いをされないと機嫌が悪くなった。遊園地では大いに臍を曲げる機会が生じた。遊具に身長制限があって、彼には乗れないライドが沢山あったからだ。一家団欒の象徴でもある遊園地で撮った写真は、ことごとく次男が癇癪を起こして泣き喚く姿ばかりだ。そんな次男につけられたのが本名の一部「二郎」に、すぐに拗《す》ねるという意味の「スネ」を加えたスネジロであったのだ。

スネサブロも初めからこの名前がついていたわけではない。清浄機は、期待以上に良い成果を上げてくれた。花粉やホコリをとってくれるばかりか、前日の夕食の焼き魚やカレーの匂いなどの料理の残り臭を一晩かけて清浄してくれている。翌朝、ダイニングのドアを開ける瞬間に、その威力を感じる。

ある日の夕食時、家族で鍋を囲んでいると、部屋の隅っこから、不満げな声が聞こえてきた。箸を動かす手が止まり、食卓に一瞬の沈黙が訪れた。ぼやき主はすぐに空気清浄機とわかった。臭いのセンサーがマックスになってウ〜ンと重く唸っていたのだ。次男は一言
「実は僕、前から気になっとった。あいつのこと」

と言った。

パン焼き器から焼きたてのパンを出す時、ジュージューいうハンバーグがお皿に盛られる時、決まってあいつは拗ねとった。いいなあ、僕も欲しいって。美味しい匂いであればあるほど、香ばしい香りであればあるほど拗ねとった。僕、あいつの気持ちが分かる気がする。

こうして清浄機君は、スネサブロを襲名し、食卓に湯気の立つ料理が並ぶと、きまってウ〜ンと盛大に拗ねている。

おねこ様の好きな匂い

後藤 ゆうひ
11歳 小学生 秋田県

うちのネコは洗たくかごの中が大好き。ひとりぼっちになるのが苦手みたいで、トイレにもお風呂にも付いて来ます。パパとママと私がぬいだのを入れ終わるのを待っていて、パッ！とかごに飛びこみます。

「みてみて、また匂いかいでる」

ロを半分あけて、目を三日月みたいにして、うっとりした顔になるから大笑いします。

私達がお風呂から上がると、舌を半分出したまま眠っていて、またまた大笑いします。

「ネコがいい匂いだと思ってるのに、何で人間は人間の匂いを嫌がるのかな」

男湯をそうじしながら、パパとママが話しています。うちは温泉なので、夜入浴しながら女湯はじいちゃんばあちゃんが、男湯はパパママがタイルみがきをしてます。汚れはそうじすれば取れるけど、匂いは取れません。お客さんからの苦情のほとんどが「臭い」です。

牛を飼っている人、くみ取りしてる人、汗びっしょりの人、仕事帰りに来るお客さん。湿布や消毒の匂いは病院帰りのお客さん。ニンニクの匂いは外食帰りかな。小さな温泉だからあっという間に臭くなります。脱臭機をおいたり消臭剤を増やしたり、工夫してるんだけどなかなかうまくいきません。

この前、初めて来た若いお客さんが文句を言ってたら、常連さんが叱りました。

「温泉は入った人の汗や匂いが溶けこんで『もまれて』こそ効能が増すんだ。誰でも体臭や職業臭を持ってる。匂いを嫌うのは、人様の生き方をブジョクしてるってことだ。人も花も、匂って生きてら」

すごい。先生よりも説得力がある。あ、でも、同じくらいすごいのは……。

今日から「おねこ様」って呼ばないと。人を臭いと言わないばかりか、うっとりした顔ができる、神様か仙人みたいに悟ってるから。人間も、おねこ様を見習わなくちゃ！

さまよう

中千加子

私は深い山の中にいた。

根元が枝分かれしたミズナラの林が続く。木洩れ日を浴び、木々のざわめきを聞きながら進む。鳥のさえずりや、渓流のせせらぎが心地良かった。ペットのシマリスたちへの土産はないかと足元を物色する。

「キッキィー」甲高い鳥の鳴き声で景色が一変した。

辺り一面、原生林である。幹にコブをつけ、根元にウロを持つブナの巨木が点在していた。空に近く重なり繁る葉は、僅かな光しか通さなかった。積った落ち葉を踏みしめ、進む。

何かが、おかしい。

踏みしめた枯葉がカサッ、とも音を立てない。頬に風を感じ、枝の揺らぎが見えるのに葉音がしない。

冷気を感じながら、薄暗い森の中をさまよった。ふいに、一人でいる恐れが襲ってくる。

音のない世界にいたたまれず、石を拾い上げ、傍らの樹木に叩きつけた。

期待していた音はない。葉を落した樹木の傷ついた肌から、爽やかな香りが煙のように漂った。

明け方近くに見た夢の話をする私に
「ケヤキが古うなって、虫もつくから切ろうか、どうしようかと迷うとったじゃない。それで、木の夢を見たんじゃないのかね」

と、ケージの中のリスたちに、おやつのクルミを与えながら夫が言った。

日頃、隠し事をしない私だが、夫に話していないことがある。一週間前の健康診断後
「専門医の再検査を受けてください。ガンの疑いがあります」

と告げた、医師の言葉だ。夫に言おうか、言うまいか、私の心は決めかねて、闇の中をさまよっている。

ミカンをほおばりながら、残りの半分をケヤキの下枝に突き刺した。果汁が滴り落ち、甘酸っぱい香りが散った。

メジロの姿が、早くも見え隠れしている。


（65歳　主婦　広島県）

母からの宿題

里山 風

「私、本当に疲れた、亜紀が料理の作り方を覚えようとしないの、あなたから言ってよ」

末期ガンの宣告を受けて病床に伏している親友の知子からの依頼でした。小学生の一人娘を残して逝かなければならないと知った時に
「父親は仕事が忙しくて亜紀の面倒をみられないでしょう、一人でも困らないように、残された時間を使って家事を教えている」

と聞かされていました。知子は苦痛やだるさと闘いながら外泊をしては必死で掃除、洗濯、料理などを教えていました。

亜紀は「鬼母さんだ、いつも怒っている」と言いながらも一生懸命覚えていました。母さんがそう長くは生きられないと感じていたので母の期待に応えようとしていたのです。自分が早く覚えたら母さんが楽になると思って頑張っていましたが、なぜかここにきて料理の作り方を覚えなくなっていたのです。

「亜紀の人生にはこれからも多くの困難があるのに、一緒に過ごせるわずかな時間をこんなことに使わず、楽しい思い出を残してやる方がいいのかと迷うの、だけど目の前の困難だけでも解決しておいてやりたいと思って」

母親としての知子の気持ちは痛いほどよくわかりました。

ある日、亜紀の様子を見に行きました。玄関の戸を開けるとカレーの匂いがしました。

「亜紀ちゃん、カレー作れるの」

亜紀は黙って頷きました。

「母さんに言ってあげれば安心するのに」

「私がカレーやオムライスを作れるようになったら母さんは死ぬでしょう」

目から大粒の涙がこぼれました。

「母さんからの最後の宿題ができれば、母さんが死ぬと思ったのね、つらかったね」

私はいい匂いのするカレー鍋の前で、母親との別れの恐怖に震える亜紀を抱きしめることしかできませんでした。

それから二ヵ月後、母親の務めを果たした知子は安らかな表情で旅立ちました。


（62歳　教員　静岡県）

臭いから香りへ

伊藤ヨシ子

「少しお部屋らしくなったね」と言った私の言葉に笑顔が返ってきた。北風が容赦なく街を闊歩する時期まで、路上で生活していた女性。父親も共に橋の下でテント暮らしをしていた。私の仕事は、アパート等を仲介する街の不動産屋。仕事として捉えると生活保護世帯・ご高齢者や障害がある方のお世話は確かに割には合わないかもしれない。

雪降る時期を迎えると、市役所やら病院からの問合わせが増えてくる。受給証明書を手に事務所のドアをたたく人が訪れる。E子さんは、今回初めてではなかった。一年ほど前に親子でアパートに入居したのだが、事情があって又路上に戻っていた。今回、最初に訪れたとき、彼女はかなり人間不信に陥っていた。人に対して多くの不満をぶつけていた。

車に乗せアパートまで案内したが、その狭い空間には異様な臭いが漂った。お風呂に入っていないと、容易に察することができた。

「ここでいい、すぐ入りたい」

翌日でないと水道も使えない部屋に、身一つで彼女は入居。支援者の人達から少しずつ、調度品や衣類が届けられ、徐々に彼女のかたくなな心も、氷が融けるように温められてきたのだろう。何度目かに様子を見に行った日、ドアを開けたE子さんは石鹸の香りに包まれていた。

「お風呂だったの」

小さな台所に棚とお鍋、六畳間にはコタツがあった。やっと部屋らしく整っていた。それ以上に私が嬉しく感じたことは、彼女が笑顔を浮かべたこと。手を差し伸べ助けてくださる方々に、ありがとうという気持ちを表し始めたこと。父親は今病院にいるけれど、いつか又親子で暮らせる日まで、それぞれがもっと人を信じる心を持って欲しいと心から願っている。あの車の中の臭いは、ただの臭いでなく人に対する不信感に包まれたものだった。それが、なんとも温かい石鹸の香りに変わっていた。

（60歳　自営業　岩手県）

掛け軸

籔田 和子

最近私は、古墳に熱中している。

きっかけは、本で見た古墳の航空写真である。前方後円墳、あのてるてる坊主のような形の森がたくさん写っていた。奈良県桜井市の箸墓《はしはか》古墳は特に美しかった。

早速夫に車の運転を頼んで、古墳巡りを始めた。陵墓指定されているものは、外周を歩いた。青々とした古墳の森に、てるてる坊主のくびれを確認しては喜んだ。橿原《かしはら》市にある三一八メートル・前方後円形の見瀬丸山古墳の墳丘を歩き、その形を体感して感動した。そして堺市の百舌鳥《もず》古墳群や、羽曳野《はびきの》市・藤井寺市にかけての古市古墳群も訪ねた。

昨年、南河内郡太子町へ行った。「王家の谷」といわれる古墳群である。竹内峠を越えるのは初めてだった。その時運転しながら夫が

「昔、お父さんと来たような気がする」

と言った。お父さんとは私の父のことである。驚いた。訳がわからず考え込んだ。そしてやっとあることに思い至ったのである。

家に帰った私は、箪笥の上で埃を被っていたブルーのナイロン袋にくるまれた物を取り出した。掛け軸である。実家を毀《こぼ》った時に、このマンションの部屋へ持って来た物である。

私はそれをゆっくり開いた。その時、不思議な匂いがした。一瞬のことだった。それは実家の座敷の匂い、それとも家具の匂い、いや朝夕お供えした線香の香りか。そんなもの全てが、床の間に掛けられていたこのお軸に沁み着いて残っていた匂いだろう。ふいに甦った記憶に胸が締めつけられた。

そして再び掛け軸を開き始めた。九十八個の朱印が押されていた。天皇陵の朱印である。前方後円墳の形が二つある。この時、父が晩年御陵巡りをしていたことを、はっきり思い出した。太子町へ行く時に、夫の車に乗せてもらったのだろう。父は御陵として、娘の私は古墳として、同じ所を巡っていたのだ。

又微かに、さっきの匂いがした。父がなくなって十三年がたつ。

（60歳　主婦　京都府）

金木犀の香り

川口やえ子

高さ七、八メートルはあろうかと思われる金木犀の花が、秋の香りを放っている。

私は香りに誘われるように車から降りると、金色に花化粧をした木を見上げていた。

「金木犀はお好きですか？」

という声に我に返ると、住人らしき老婦人が私のほうを見ていた。

「はい。あまりにも素晴らしいので、つい見とれていました」

「この木は長男の誕生記念に植えたものなので、もうすぐ還暦かしらね。長男夫婦が仕事中の昼間は一人で留守番なので還暦かしらね。良かったらいつでも寄ってくださいね」


金木犀を中心にした手入れの行き届いた庭と、和風の落ち着いたたたずまいが日本の秋を一人占めしているような眺めだった。

「息子の嫁は優しい嫁でしてね。こんな年寄りでも大事にしてくれるので私は幸せ者ですよ」

そう言いながら花弁を掌に集めると、愛おしむように眺めていたのだった。


その後、再びその道を通ったのは師走の慌ただしさに追われる日々を送っていた時だった。驚いたことにそこにあった筈の建物も、あの木も、跡形もなく消えていたのだ。

「ここに住んでいた方は引っ越しされたのですか？」

と、農作業をしていた女性に尋ねた。

「Aさんですか。施設に入ったそうですよ。息子さん夫婦を亡くしてから何年も一人で頑張っていたのですが、それも無理になったのでしょうね」

初めて知った事実と「もう会えなくなってしまった」という現実の二本の糸は絡み合い、私の頭を混乱させていた。

そして目の前の殺風景な空き地には「売土地」と書かれた不動産会社の看板がぽつんと立っていた。


今年は我が家の庭にも金木犀が仲間入りをした。まだ小さな苗木だが甘い香りを放っている。一年前、この同じ香りの中でAさんが掌に集めていた花弁は失った家族だったのかもしれない。

金木犀の花言葉は「真実」だという。

「家族の帰りを待っている」

と言ったAさんの心が「真実」の中に見えてくる。


（59歳　主婦　静岡県）

青と黒

実咲　映子

青の香りがした。大嫌いな匂い、でも昔は大好きな匂いだった。アイツはいつもブルガリブルーの香水を身にまとっていた。

「お前だけやで」

そう言ったアイツの香りは偽物になった。二年前十二月二十三日、イブの前日だった。私だけだと言っていたのに、彼には私の他にも側にいてくれる人がいたらしい。昨日別れたばかりなのに、イブ当日、彼の部屋の電気は消えていた。くれた甘い言葉は嘘ばかりだった。

私は、バスの車窓から光の無い彼の部屋を眺めながら

「やっぱりな……」

とつぶやいた。彼の変化には気づいていた。でも、気づきたくなかった私は、唯一変わらない香水の香りに、拠り所を求めていたのかもしれない。一年間間違いなく楽しいこともあって、いっぱい笑ったはずなのに、嫌な思い出しか思い出せなかった。もう青の香りなんてこりごりだと思った。それなのに、人気があるらしいアイツの匂いは、街を歩けばいたるところで鼻をかすめる。その度、アイツの顔が頭をよぎって、青の香りが心底嫌いになっていった。

去年のクリスマスの次の日は、初めて君と二人きりで食事に行った。ただの仲良しな友達だったのに、今では誰よりも近くにいる。

君は、黒の香りがする。皮肉なことに、君は、アイツと同じブルガリの『黒』の香水がお気に入りだと言う。

私は言う。

「これからもずっと一緒にいてな」

君は言う。

「もう生涯の一人はお前って決めてん」

アイツと同じ甘ったるい言葉をくれるけど、アイツと君は全然違う。だって君は嘘がつけないから。たとえ一緒のブランドでも、青と黒は違うから、きっと違う運命が待っている。

私は黒の香りが好きだ、黒に包まれた君が好きだ。この香りだけは絶対に絶対に手放したくない。

（26歳　事務　兵庫県）

紺色の湯気

松登 友樹

大井川が校舎の横を優雅に流れる静岡の田舎の高校。通称「ドテ高」。

「進学校なのに、なんて田舎くさい名前なんだろう」

そんなことを考えながら、三年間、自転車で通学した若かりし日々。

帰りはその逆再生。いつも汗だくだった。

冬には学生服の下に紺色のジャージを着込むのがドテ高生の常套手段。

それが見つかると、やはり体育教師に怒られる。

それでも生徒達はジャージを着込む。

温かい体育教官室で説教された方が幾分かマシなのだ。

ストーブの上で湯気を出している真鍮《しんちゅう》のやかん。

それを見ながら「冬の風物詩やね」なんて思っていれば、説教もいつの間にか終わっている。

そのやかんからお茶を淹れてくれる先生もいる。

高校生でもとっくに気づいてた

「静岡のお茶は旨い」って。

幸せだった。

しかし、いつしかそんな登下校も繰り返せない日がやってくる。

卒業だ。

学生服のボタンは卒業式の日、顔見知りに全てあげた。

これで思い残すことは何もない、なのに下校するのをためらっていた。

すると、後輩の女の子がスッと現れて僕にこう言ってきたんだ。

「先輩のジャージを下さい」

僕は驚いた。

色々なコレクターがいることは知っていたけど、

こんな身近に、そんな物好きな女の子がいたことに驚いた。

「いや、毎日着てるから汗くさいよ」

「それでも良いんです。下さい。ずっと大事にします」

押し負けて、ジャージを脱ぎ、それを手渡す。

高校生活の最後の最後に僕は、少し身だしなみが良くなった。

卒業してからもう七年が経つ。

今日もドテ高生は息を切らし自転車を走らせているのだろう。

あのジャージは今どこにあるのか、考えを巡らす。

彼女の家の押入れ？　もう捨ててしまった？

いやいや、フリーマーケットに出品されてたりして……。

僕のジャージが引き継がれて、今もドテ高の体育教官室で静岡茶の湯気を吸い込んでたらいいな。

僕と彼女とそれから誰かの汗の匂い

真鍮のやかんから注がれたお茶の香り

想像するだけで温かい。

（25歳　会社員　東京都）

香土産《かおりみやげ》

串子

十代最後の夏休みが終わった。一ヶ月ぶりに入る一人暮らしの自分の部屋は、長い間住人がいなかったせいか心なしか寂しく感じた。それは、この一ヶ月間、家族や友人と過ごす時間が多く、一人でいる時間が少なかったせいかも知れない。

一ヶ月にわたる長旅の最後の一週間は、遠く四百キロ離れ、遠距離恋愛をしている恋人の家に滞在した。彼とは高校の頃の同級生で、高校三年間、私は彼に淡い片思いをしていた。一度勇気を振り絞って告白して玉砕したものの、それを期に仲良くなり一緒に遊びにいったりもした。しかし結局恋心は報われる事なく、高校を卒業。お互い遠く離れ、それぞれ違う人生を歩み始めた、かに思われた。その一年後、突然彼から告白され、今に至る。誰もが予想しなかった大逆転勝利だった。

そんな彼との夏休み最後の一週間は、夢を見ているような不思議な気持ちの中で、ありふれた日常に幸福を見つける事のできる喜びに溢れた日々であった。彼の服を洗濯したり、彼の家で料理をして一緒に夜ご飯を食べたり、朝、寝ている彼を起こしたりする未来があるなんて想像もつかなかった。思いきり高校時代の私に自慢してやりたい気持ちだ。

また今日から四百キロの遠距離恋愛の再開だ。ふぅ、と自分のベッドの上で一息ついた後、洗濯でもしようと、一ヶ月お世話になった旅行鞄のチャックを開けた途端、彼の部屋の匂いが、鞄の中からふわっと飛び出した。彼の部屋にいた時は意識することのなかった匂いが、自分の部屋で香ると、改めて彼と私の間にある距離の大きさに気付かされた。洗濯機へと向かうはずの私の足に、ポロポロと涙がこぼれた。もっと彼の傍にいたい、その気持ちを閉じ込めて自分の部屋に帰ってきた。でも、鞄の中は彼の香り土産でいっぱいだった。まだ手を振ってから一日しか経っていないのに、会いたい気持ちが胸を締め付けた。一週間の思い出が私の頭の中ではじけた。

（20歳　学生　山形県）

東日本大震災、そして藤本義一氏からの「香りの絆」のメッセージ

ソーシャルネットワークサービス（ＳＮＳ）が社会基盤化する一方、二〇一〇年は「無縁社会」という言葉が注目されました。これは従来の共同体が崩壊し、人間関係が希薄になっている現状を捉えた言葉です。

そうして、「ツナガル・つながらない」のギャップが二十一世紀の人間社会に生じるなか、この回の「香・大賞」の審査会の時期、二〇一一年三月十一日に東日本大震災は起こりました。

そして、いま振り返れば、初回から審査委員長を務めてくださった藤本義一氏の作品集『かおり風景』への寄稿は、この年が最後となりました。

この年、誰もがそれを大切に感じた「絆」。藤本氏はそれを「香りのような透明な雰囲気状のものが、ごく自然に交わった様子をいうのだろう」と、絆が決して強固なイメージではないことを書いています。

「香りの絆を得た時、人間は安らぎを覚え、日常の多忙さを忘れてしまうだろう。その時間こそが香りの絆といえるだろう」（作品集『かおり風景』）と。

この作品集を『かおり風景』と名づけた藤本氏からの、人柄が香るメッセージでした。

2010

第26回［香・大賞］入賞作品

二〇一〇年募集・二〇一一年発表

ゴー・フォー・ブローク

田巻衛
48歳　学習塾経営

八年前の十二月。ホノルルマラソンの翌日、私と家内はダイヤモンドヘッド付近まで散策に出かけた。宴の後の静けさか、熱い応援の名残など微塵も感じさせないほどコース付近の家々は日常の時間の中に収斂《しゅうれん》されていた。

とある民家の前、日系人と思われる老女が日陰に椅子を置いて腰掛けていた。日焼けした顔に深い皺が刻まれていた。小柄だった。

目が合ったので

「ハイ！」

と私。

「マラソン、ハシッタノ？　エライネ！」

と老女。名前を尋ねたら

「ヒロ」

と答えた。日系三世ということだ。ヒロが日本語で話してくれたので、私たちは幾つかの会話を交わした。

きりのよいところで私たちは別れの言葉を告げたが、ヒロは私たちをガーデンに招《しょう》じ入れ、もう少しだけ話していかないかと言う。特に急ぐ理由もないので、ガーデンのベンチで、冷たいティーをふるまってもらった。その時だった。私と家内は顔を見合わせた。家の中から、なんとも懐かしい匂いが漂ってきた。いや、日本人なら十分に知っている匂いなのだが、異国の陽光の中だったので懐かしいと感じたのだろう。線香の匂いだった。私たちが、意外そうな顔をしていると

「オトウサン、『ゴー・フォー・ブローク』ネ」

と、ヒロは笑顔を崩さずに言った。深い笑顔だった。

思えば一昨日は十二月七日。ヒロのお父さんは日系人でありながらアメリカ軍の一員として戦った四四二連隊戦闘団に属していたという。米国内で差別を受け、自分たち家族がアメリカ人であることを証明するために同胞と銃を交えなければならなかったという悲劇。

『ゴー・フォー・ブローク（当たって砕けろ）』は、その連隊の合言葉だ。私は、線香の匂いをかぐまで一昨日が真珠湾攻撃の日だとは気づかなかった不明に恥じた。ヒロは、ホノルルマラソンの時期を心待ちにし、この時期は線香を焚いて日本人を迎えるという。ヒロたち日系人とともに、私たちも心の戦後を終わらせてはいけないのだと思った。

〝新米家族〟の香り

奈良 由美
43歳 会社員

十歳の息子に、七歳の娘と私の三人暮らしが続いたが、新しい家族が増えることになった。尚志さんが家にきたのは、その時が初めて。子供に言い含めてはいたが、実際に〝大人の男の人〟を前にすると緊張が走った。

「……キミたちのお母さんとはお友だちです。これからも、よろしく……」

五百円玉を握りしめていた息子がつぶやいた。（これからもって……）

妹は兄の手をとり、スーパーへ向かった。

私達は事前に打ち合わせてはいた。

「ご挨拶したら二人で買い物ね。タマゴよ」

我が家では特別な日に、娘と共同制作のオムライスでもてなすキマリがある。誕生会や入学式、親戚がきた時もそうしていた。

二人きりになってから話をし、改めて家族のことを誠実に考えてくれていたことがわかった。ただ、子供達が帰ってこない。十分、二十分……（徒歩で三分のところなのに）

炊飯ジャーが湯気を吹き始めると、私は堪らず彼を残してサンダル履きで外に出た。玄関の少し先で二人が座り込み、レジ袋の底にたまった黄色の液体を睨んでいた。

「お兄ちゃんが急ぐからいけないんだよ。転んで割っちゃった」と泣きっ面の娘。

「ママを一人きりにしたくなかったから……」

玄関をあけると、彼の笑顔とご飯の香りが迎えてくれた。

「おかえりー」

私達の家なのに、なんだか嬉しくなった。割れた卵の入ったケースを差し出す娘に
「大丈夫だよ。殻をとれば使えるよ」とひと言。

ピー！ ピピッピピッ…… ご飯が炊けた。いつもは人数分だが、およそ十個の卵をフライパンに流し込む。ジュワーッと広がる食卓の香り。殻取りに熱中した息子と尚志さんも自然に顔を近づけ仲良くなっていた。ダイナミックな新作に皆が微笑んだ。お味噌汁も四人分。他人という殻を破り、オムライスのようなふんわりした家族となった瞬間だった。

ほほほほ

長伊 知
63歳　料理店経営

特別暑かった夏の日々がやっと過ぎ、秋口にさしかかった頃、年格好まちまちの女性三人組が入店された。中年の女性が車椅子に乗った老婆に
「山本さん。やっと来れましたね」と耳元へ大きな声で話しかけた。
「うん、うん」老婆は手を揉みながら店内を見回しておられる。四〇kgあるかないかの、か細い枯枝のような人だ。ひ孫みたいな人が
「死ぬまでに行きたい行きたいって言い続けていたもんねえ。ホームへ来てからずっと言うてたねえ」
「うん。うん」
老婆はうなずいて返事をしている。
中年の人が
「この方はこちらのお店に何か特別な思い入れがおありなようですよ。体調も良くなったから今日は九十八歳のお祝いなんです。ずい分と昔に来られたみたいで、その頃は太っていたらしいですよ」と私に説明された。

「まあ!!　ありがとうございます」

ってお礼を言ったが私に山本さんの記憶は全くなかった。

「ほほほ。これでいつでも死ねるわ。ほほほほほ」

山本さんは口に手を当てて童女のような瞳ではにかんで笑っておられる。

「ほんまや!!　もういつでも死ねる、死ねる」

ひ孫みたいな人も声を合せて元気づけている。

私共は神戸ビーフ専門料理店だ。すき焼　しゃぶしゃぶ　焼肉等をお出ししている。山本さんは焼肉を所望された。

赤々と起こった炭火の上は、霜ふりのカルビがジューと音を立てて炙られている。肉汁とタレが直火に焦げ燻された香りが山本さんの辺りに漂った。童女のような瞳は網の上をじっと見つめたままになった。仏様か地蔵様のように固まってしまった。

どんな方々とお越しだったのだろうか。

特別な晴れの日だったのだろうか。私は山本さんの万感交々の思いに添ってみた。

山本さんの目尻から一筋の涙が伝わった。

ヘルパーさん達にも涙が溢れている。でもすぐに
「ほほほ、ほほほ」と笑ってお過ごしだ。今日は三人で
「ほほほ、ほほほ」とお過ごしだ。

紫煙の中に見えた人生

出雲遥
46歳　公務員

もう大昔の話だ。取調室での一対一の攻防戦。被疑者は前科九犯の空き巣狙いの常習犯。私は当時、駆け出し刑事で取調官を任されたが自供を得られず、毎晩、自供しない彼と対峙する夢を見てはうなされる日を送っていた。そんな焦りの中、彼が所望した煙草に火をつけてやると、ポカリ、ポカリと見事に真ン丸い煙の輪を幾つも作る。思わず、上手ですねと感心すると、彼がぽつんとつぶやいた。「娘が……これ、大好きでした」。

聞くと彼には離婚した妻との間に、一人娘がいるという。娘が幼い頃、父親が作る煙の輪を見るのが大好きで「パパ、輪っか、輪っか」とせがまれていたとのことだった。

そのことを聞かされた時、私は一瞬の間を置いて、本当に自然と、こう口にしていた。「はき出した紫煙の輪っか、何だか、あなたの人生の匂いがしますね」。

どんな被疑者も〝落ちる〟瞬間というのは必ず居ずまいを正す。そして自供する。また刑事《でか》魂《だましい》を持っている刑事なら、被疑者に罪を認めさせる以上に真人間《まにんげん》になってほしいと願う。だからあの取調べは、そのタイミングが思いがけず一致し、全面自供に至ったのだと今でも思っている。

余罪も全て自供し、起訴されて拘置所に移送される日。彼は「刑事さん、出てきても煙草はやめません。もっと綺麗な輪っか、作りますから」。

そう言って笑った。娘さんのことなのか、取調べの時に褒めたことなのか。尋ねるのは野暮と車に乗り込む彼を黙って見送った。真人間になれよ、と心で願いながら。

取調べの可視化なども相俟《あいま》って、今は被疑者に煙草を与えることは便宜供与で禁止、また喫煙率の低下で取調室も全面禁煙である。

だが、街中で紫煙を嗅ぐ機会のある時、ふとした拍子に彼のことを思い出す。今では母となっただろう娘さんと、お孫さんの前で、見事な輪っかを作ってくれていたらいいのにな、と願わずにいられない。

隣の金木犀

鈴木 メグミ
41歳 自営業

小さな庭に金木犀が立っている。いつ植えたかも忘れてしまったが、秋には例の甘い香りを放つ。高く伸び過ぎてしまって、お隣りにも悪いから、植木屋さんを呼んで切り倒そうと思っていた。

十七年前、私たちは二十代半ばの新婚で、親に頭金を借り、郊外の小さな建売をローンで買った。新興住宅地。地続きのお隣りとは、庭というよりは、家と家のささやかな間合いの中央に低いフェンスがあるだけ。そこへ五十代後半の人の良いご夫婦が住んだ。

一人前に持ち家に暮らしたものの、生活の経験が無い私たちは、近所迷惑という事にまるで考えが及ばない、勝手気ままな生活ぶり。夜遅く窓を開けたまままうるさくしたり、安易に猫を飼ったり犬を飼ったり、赤ん坊が泣きわめいたり。庭を雑草だらけの荒れ放題にしていた事もある。

「仕方ないわよ、子供が小さいんだもの。出来ない事だってあるわよ」と、いつも優しい言葉をかけてくれたお隣の奥さん。その人が、一昨年、膠原病《こうげんびょう》がもとで亡くなってしまった。フェンスを越えて歩きまわるふてぶてしい猫も、いちいち吠えかかるアホな犬も、かわいいと言って褒めてくれた。けれど、今の私には奥さんの忍耐強さがよく分かる。隣の飼い犬など、そんなにかわいいワケがないんだから。言葉のまま受け取って、いい気になっていた自分を思い出すと、恥ずかしい。「金木犀を切ろうかな」と、フェンス越し、ご主人に声をかけた。今は独り暮らしだ。すると小さな声で「ウチのが好きだったんだよ」と、おっしゃった。「毎年よく香るから、切らないでよ」と。手入れもされない隣の庭木を好きだと言ってくれる。奥さんは、そんな人。

私は奥さんにきちんと感謝の気持ちを伝えなければいけなかった。亡くなる前に気付きたかった。金木犀は静かな優しさの香りがする。恥ずかしくて、寂しい気持ち。

天使の香り

奥山 美代子
57歳 主婦

隣町に住む次女が、毎日のように車で十分足らずの我が家に通う。それは仕事で帰りの遅い彼女の夫に代わって、父親に生まれたばかりの二人の赤ちゃんをお風呂に入れてもらう為だ。

若い夫婦が一生懸命に子育てをしている姿を見ると嬉しくなる。翌朝、真っ白な洗濯ものを青空にむけて掲げるとき、いつも決まって香り立つものがある。それは、私の脳裏をひと吹きの風のように優しく、甘く、かすめていく。始めはそれが、どこから来るのか分からず不思議だったが、すぐに洗濯ものに紛れ込んでいる赤ちゃんの産着の香りだとわかった。ほのかなミルクの香り。空から使わされた天使の香りだ。神様が翼のとれた天使達が空から分かるように、目印におつけになった優しい香りだ。天使が舞い降りた家は、花が咲いたように明るくなる。

三年前まで次女は荒れていた。せっかく入った高校も中退し、目標も見いだせないまま夜遅くまで遊び歩く毎日。レールからはずれた子お決まりの金髪に鼻ピアス。タバコを咥えて全てに投げやりな態度。夫も私も狼狽《うろた》えた。いったいどうして。彼女に何があったというのだろう。

そんなある日、長女がお産に里帰りしていた時のこと。私が着替えを持って病院へ行くと、ナースセンターの脇の窓越しに、並んだ赤ちゃんを見て微笑んでいる次女の姿があった。久々の彼女の穏やかな表情が嬉しくて、涙が溢れてしばらくその場に立ち尽くしてしまった。

彼女が突然彼を連れてきたのは、それから半年後のお正月。二人で初日の出を見てきた帰りだという。玄関に立ったまじめそうな彼をみて私達は、ほっとした。もう大丈夫だこの娘はと。

今日も彼女は、可愛い可愛いを連発しながら子育てに追われている。髪の色は黒くなり、鼻ピアスは頬ずりするのに邪魔だといい外した。

母親になることの不思議な力。彼女はその瞬間から変わった。

今日も青空の下、神様から頂いた天使の香りと幸せに酔いながら、真っ白な洗濯物を翻《ひるがえ》す私。

耳のうしろ

花田　栞永子
56歳　語学講師

一冊の本を取り出そうとして横からこぼれる様に出てきた一葉の葉書を読んで涙が止まらなくなった。四年前にいただいたものだ。その差出人も今はこの世の人ではない。「シエラちゃんが亡くなったと伺い心よりお悔やみ申し上げます。でもシエラちゃんはママに感謝して死んで行った事と思います。どうぞそう思ってあげてくださいませ……」。

シエラは息子の四歳の誕生日プレゼントとしてやって来たアラスカンマラミュートの雌犬だ。連れて来られた時は生後七週間目だったのに、四歳の息子が押し倒されてしまうほど大きくやんちゃだった。そして一年後には体重四〇キロ近い立派な犬に成長した。もともとは橇《そり》を引くために生まれてきただけあって、飼い主に従順な賢い犬だった。兄弟のない息子にも優しい遊び相手だった。

何が原因だったか忘れてしまったが、私に叱られた息子が暫く庭に出た後、すっきりした顔で「ごめんなさい」を言いに来た。いつもは強情な子があっさりと謝りにきたことを少々訝《いぶか》りつつ、洗濯物を取り込みに庭に出た私はその理由に納得した。庭のシエラがずぶ濡れになって座るに座れず困った顔をして立っていたのだ。散水用のホースが息子の鬱憤晴らしの証拠のように少し地面にのたうっている。「シエラ、ごめんね」。

私は彼女をシャンプーで洗い、長い時間をかけて乾かしてやった。その夜はシエラにも「ごめんなさい」を言った息子とシエラと私と枕を並べて眠った。夜中にふと目覚めるとシエラの耳が私の鼻先にあった。私の掌ほどもある大きな耳。急にシエラが何時にも増して愛おしくなって、大きな頭ごと抱きしめた。シエラの耳のうしろからはシャンプーのではなく〝優しい犬〟の匂いがした。

三年前に縁あって雑種の仔犬をもらった。モカと名付けたこの犬の耳のうしろも同じ〝優しい犬〟の匂いがする。

数字の記憶

小川万海子
44歳　無職

縁あって、三年間をポーランドで過ごした。今から十五年ほど前のことである。無量無辺の大地を幾度となく列車で旅したが、平原の広々とした呼吸、草草の物語る声、そして車内で出会った人々の風景は、時に鮮明に甦る。

首都ワルシャワで生活を始めて間もない頃、バルト海に面する北の街々を訪ねた。それはグダニスクから、グディニヤへ向かう鈍行列車でのことである。

夏の午後の陽の中、四人がけの席で向かいに座っている老婦人が静かに眠っていた。半分開いた窓からは、夏草を渡ってきた心地よい風が通り、ディーゼル車と思われる車内には、昔、小学校で使われていたストーブのような匂いが漂っていた。郷愁に満ちたその空気感に、異国にいることの緊張が久しぶりにほぐれ、私は心地よい安堵感に包まれていた。

向かいの老婦人の半袖のブラウスから出た腕にふと目がいく。細いその腕の内側には、数桁の青ざめた数字が刻まれていた。氷塊に心臓を打たれたような衝撃が走り、すぐに車窓へ目を移した。

アウシュビッツなどの強制収容所では、送り込まれた人々の衣服、髪、名前など、個人に帰属するもの全てが奪われ、代わりに数字が刺青されたという。かつてポーランドの大地には、アウシュビッツのほかにも、同様の収容所が各地に点在していた。

書物の中でも映画のワンシーンでもない。それはあまりに穏やかで懐かしい時間の陽だまりに、突然突きつけられた紛れもない現実だった。程なく列車は北の港町に到着し、まだ眠る老婦人に一礼し私はその場を後にした。

今年の夏の終わりに、初めて天橋立《あまのはしだて》を旅した際、京都駅から乗り継いだ列車は珍しくディーゼル車だった。特有の懐かしさをかきたてる匂いに、この世で最も寒々とした数字の記憶が甦る。あの小柄な老婦人が歩んできた道とは如何なるものだったのか。私はあらためて頭を垂れずにはいられなかった。

ぐーたらな幸福

松本 さえこ
28歳 会社員

「さえちゃんの匂いがする」布団に包《くる》まった彼が、深い呼吸をして呟いた——。

私が彼と付き合い始めたのはいつか？ 何度聞かれても、うまく答えることが出来ない。私たちは、いわゆる「幼馴染」である。幼稚園からずっと同じ学校へ通っていて、気が付いたら週末はいつも一緒にいるようになっていた。そして、お互い愛の告白も無いまま、今もぼやーんと二人で過ごしている。

私たちは、とても性質が似ている。ひどく面倒くさがりで、人ごみが苦手。何よりも、ぐーたらだ。一緒にいても、ロマンチックもなければ、ファンタスティックもない。大抵の場合は、私の部屋でゴロつきながら、お互いに勝手なことをやっている。お腹が減れば「お腹が減ったね」と呟き、日が暮れれば「日が暮れたね」と伝える。これが二人の時間だった。

そんな変わらぬある日のこと、布団の上で本を読み始めた彼が、意外なことを呟いた。「あれ？……このシーツ、さえちゃんの匂いがしない」

私はとても驚いた。ちょうど数日前にシーツを洗っていたからだ。確かに香りは、洗濯機の渦にかき消されてしまったかもしれない。続けて彼が言った。

「あの匂いがしないと、落ち着かないな」――私は少し考えてから、自分の体をくんくんと匂《にお》った。しかし、特に変わった風はない。本当に私に匂いがあるのかと尋ねると彼は、何故分からないのかという様子で「確かにある」とだけ答えた。

私たちはお互いを、とても自然に感じている。ぼんやりと二人で過ごすのは、何でもないようでとても幸せだ。変わらぬ、いとおしい時間。それは、いろいろな幸福のピースが重なりあって出来ている。

そして彼にとっては、私の香りがその一つだったらしい。

私たちは結婚の約束をした。いつかは共に、幸福のピースを拾い集めて生きる。その中に、私の香りはあるだろうか？　――あって欲しい。ぐーたらな二人の、ぐーたらな幸福。この幸せが、いつまでも続くことを、願う。

お気に入りの一着

久宗 泰子
47歳 会社員

西日が差し込む姑の洋裁部屋。古い洋服箪笥の扉を私は勢いよく開けた。鼻の奥がつんとしたのは、辺りに広がった樟脳の匂いのせいばかりではなかった。

ターミナルケア病棟に入院している姑は昨日から一度も目を覚まさない。看護師さんに「ご帰宅のときの服をご用意ください」と言われ、娘のいない姑のために嫁の私が夫の実家を訪れた。意識のあるうちにお気に入りの服を聞いておけば良かったと思いながら、私は一着のワンピースを探していた。

渋い光沢を放つ萌葱色のワンピース。それは義弟の結婚式に参列するために、洋裁の得意な姑が自ら作ったものだ。幸せな一日を姑とともに過ごした思い出の一着だった。

物を粗末にすることのない姑は、虫除けに昔ながらの樟脳を必ず使った。私はきつい樟脳の匂いが苦手で、無臭タイプのものを勧めたりもしたが、姑は聞き入れなかった。樟脳は、姑の服に対するこだわりだったのだ。

階段を駆け上がり、今度は寝室のクロゼットを開けてみる。見覚えのある姑の服がたくさん並んでいる。一着一着に元気だった頃の姑が思い出されて涙が溢れ出した。

『お母さん、私こんなことしたくないよ』

誰もいない夫の実家の二階で、クロゼットの洋服をかき分けながら、私は声を上げて泣いた。樟脳の匂いが、姑の香りが私を包んだ。

いちばん奥の壁際でワンピースを見つけた。まるで私が来るのを知っていたかのように、いちばん会いたかった姑はそこで待っていた。

二日後、姑は萌葱色のワンピースを着た。義妹が姑の髪を丁寧に巻き、紅を引いた。美しく華やいだ姑は、まるで天使のようだった。

「お母さん、とってもきれいだよ」

顔を近づけると、萌葱色のワンピースから懐かしい姑の香りがほんのり立ち上った。

「私のいちばん好きな服、よく判ったわね」

そんなふうに言われた気がした。

みきちゃんのおまじない

黒澤 綾子
25歳 看護師

「病院のにおいって嫌だね」
「本当、気分が滅入るよね」
度々耳にする病院の待合室での会話に、私は共感することが出来ない。

生まれた時から病弱で、幼少時代のほとんどを病院で過ごした私にとって、病院のにおいは日常のにおいだった。大好きな母も、好物のハンバーグも包み込んでしまう。退院や外泊とは違う、二度と会えない別れがあることを知った日には、特に強く感じた。そんなにおいを嫌いにならなかったのは、みきちゃんと出会えたからだ。

入院生活のほとんどを、担当してくれた看護師のみきちゃんは、治療の痛みに負けそうな私の両手を強く握っていてくれて、治療が終わると必ず「よく頑張ったね」と笑って、毎日洗うことが出来ず、綺麗ではない私の髪をなでてくれた。みきちゃんの優しさと笑顔が、苦痛や悲しみを和らげてくれた。

退院の日は、長い入院生活から開放される喜びよりも、みきちゃんと別れる寂しさが込み上げた。

病院の外まで見送りに来てくれたみきちゃんが、ナース服のポケットから香水の小瓶を取り出し、私の手首にそっと付け、その手を両手で包み込んで言った。

「病院に戻って来ないおまじない」

手首から広がるバラの香りは、私の体に染み付いた病院のにおいと、新しい生活へ旅立つ不安感を、少しずつ消してくれた。

退院の日から十数年が経過した今、みきちゃんのおまじないの効力は消えてしまい、私は病院に戻って来てしまった。

パジャマをナース服に変え、ポケットで出番を待ち望むバラの香水と共に、嗅ぎ慣れた懐かしいにおいの中で、毎日を生きている。

漆黒世界のコーヒーの香り

大島　偕美

あなたは、細い針の先ほどの光もない世界に行ったことがありますか？

今から、二十年ほど前、私は当時ドイツの大学に留学していた息子に誘われ、今にも中世の騎士が出てきそうな古城を訪ねました。現城主は内部を改造し、彼の感性が伝えられる種々の企画を具体化していました。広い庭の一角には、大人用の大ブランコがあり、二階ホールには風のアートが美しく展示されていました。大木の並木道には、目隠しをして裸足で歩く道がありました。芝生、苔、砂、小石、泥道、コンクリートやタイルに懐かしい地面むきだしの道でした。環境について考える散策道でした。

最後に、息子は

「世界一美味しいコーヒーを御馳走するよ！」

と、私を城の地下にある一室に案内してくれました。

「ここだけど、吃驚《びっくり》しないでよ」と言いながら、分厚いビロードの二重のカーテンを押し分けて入るとそこはなんと光源ゼロの漆黒の世界でした。戸惑う私に声がして、

「そこの左から二番目の席が空いていますよ」

と案内してくれます。息子も同様に近くに腰かけたらしいのです。部屋の広さや何席あるのか見当もつかない世界でした。ご注文は？と問われ、半信半疑で「キリマンジャロ・コーヒーを一杯、お願いします」

と言うと、向こうで豆をひく音が聞こえ、間もなく目前にコーヒーが運ばれてきた様です。その味や香りは、まさに天下一品でした。視覚を失うと、嗅覚が研ぎ澄まされるのか、表現不可能な香りでした。息子は飲み終え、支払う時、悪戯《いたずら》心《ごころ》からか大きなお札を出し、外で確かめると、間違いのないおつりでした。全盲のオーナーは、健常者にも彼らの世界を垣間見て欲しいと企画した店でした。爾来《じらい》、種々な国でコーヒーを頂きましたが、あれ程香りの豊かなコーヒーには一度も遭遇していません。彼は今も元気で世界一香りの高いコーヒーを提供しているでしょうか。

（73歳　主婦）

稲穂の匂い

石部洋子

　異常な猛暑のなか、二十年ぶりに実家の長男夫婦や姉たちと両親の墓参りに行った。墓地は舗装された道を実家から車で六分ほどの距離だ。

　長男が墓地の手前で車を止めた。

「うわあ、懐かしいなあ！」

　私達は車を降りた。目の前に、実家の所有する田圃《たんぼ》が長々と横たわっている。いまは作り手がいなくなり、他人に貸している田圃だ。豊作だろうか。稲穂がゆさゆさと揺れている。私は屈みこんで、稲の穂先を掌にのせた。懐かしい匂いが胸いっぱいに広がる。

　あのころ、戦後の農地改革で沢山の田畑を没収された我が家は、一町歩を残すために自作農三反を余儀なくされ、俄《にわ》か百姓を始めた。

　両親と子供五人が、一列に並んで稲刈りをした田圃だ。慣れぬ手付きで、刈っても刈ってもなかなか刈り終わらなかった。父の作った稲架《はさ》に稲を掛け終わる頃には、大きな月が煌々《こうこう》とわが田を照らしていた。刈り取った稲穂の匂いが家族を包んだ。子供の私には、寂しいような悲しいような不思議な匂いだった。

♪月がぁ　でたでた　月がぁでた〜

　とつぜん、父が唄い出した。音程の外れた大きな声だ。子供たちに元気を与えたかったのだろうか。皆の笑い声が、寒く暮れはじめた田に響いた。周りに人影はない。稲穂の匂いを抱きこんだ父の歌声は、暖かな波紋を広げ、私たちの作業の後押しをしてくれた。

　父は教師だったが、威張る人ではなかった。学校に行く前に、また帰ってからも、泥の田に入り、五人の子供を必死で育ててくれた。

　猛暑の中、田に風が生まれた。相次いで九十二歳で亡くなった父母の笑顔が、匂う稲穂の中で大きく揺れる。

「頑張れよ」

　父の声が聞こえたような気がした。

「両親には、苦労掛けたなあ……」

　長男が、しみじみと言った。それは皆の心に去来する思いだった。墓地は目の前だ。


（70歳　無職）

サバンナの温もり

安東 大人

　走っても走っても、暗闇の中に光といえば車のライトのみ。降り頻る雨の中、ワイパーも懸命に働く。もうとっくに目的地に着いているはずだった。途中、道路が冠水していたり、スリップし易かったりと、思うようにスピードを出すことができなかった。

　キリマンジャロの山麓はそれなりの高度があり、また雨期の最中ともあって、暑さどころか寒気立つほどであった。吐く息に窓ガラスが曇り、それを時々手で拭った。ラジオも備わっていない四輪駆動での一人旅でもあり、孤独感も高まっていた。

　灯が見えた。車窓を流れる雨粒に、その灯がゆらゆらと揺れている。なんとも幻想的である。思わずアクセルを踏み込んだ。

　ドアをノックすると、大柄な男が顔を出した。

「体が冷えてしまって、温かい飲み物をいただけますか?」

「コーヒーを入れましょう」

　シャワーも使えるとのことで、バスルームに案内してくれた。少々熱めのシャワーを浴びていると、体の表面がポカポカとしてきた。でも、体の心までは温まらなかった。

「コーヒーができあがりましたよ」

　大きな声が響いた。

　バスルームから出ると、急かすかのようにコーヒーの香りが漂ってきた。

「いただきます」

　一口飲むと、体だけでなく心も和んでいくのが分かった。二口、三口と進むにつれ、孤独感も消されていった。

　落ち着いてくると、会話が弾んだ。コーヒー関連の仕事で日本に行ったことがあるとなると、もう話題は尽きなかった。

「今夜はここに泊まって、明朝、出発したらいいですよ」

　願ってもないことだった。

　コーヒーの香りと会話の余韻が残るリビングを出ると、急に疲れが襲ってきた。


（69歳　パート）

母の芳香は私の生命力

宮崎　文成

母は戦後、余儀ない事情で中国に残され、苦難を嘗《な》め尽くし、昭和二十五年、二十五歳の若さで死亡。私はこの日本人の母と中国人の父の間に生まれた。母の友達が母の死についてて「お母さんが亡くなったその日、あなたは一日中泣き続けていた。私がいくらなだめても泣き止まなかった」と話してくれた。三歳の幼児にとってなじんでいた母の匂いが急になくなったのが、悲しくてたまらなかったのだろうか。

当地の風習により母は土葬され、一年後事情があって墓が移された。その時、父は馬車を雇って母の棺を移した。馬車の揺れと共に棺内から腐臭が漂った。これは私の今までの人生で心に刻まれた最初の、かつ最も辛い記憶だ。その後、毎年の清明祭に父は必ず私を連れて母のお墓参りに行った。父は線香を立てて、私をお墓の前に額《ぬか》ずかせた。あの優しい母の香りは悲しくも線香の香りに変わった。

母の死後、文字さえ読めない父は懸命に働き、男手一つで私を育ててくれた。母の早世と父の苦労は、私の心に深く刻み込まれた。いつか母の遺骨を持って日本へ行くことが私の夢になった。そこで、一生懸命に勉強し、大学を卒業した。当時の中国では百人に一人ぐらいのことだった。しかし、文化大革命の中、母が日本人であることは重い政治上の枷《かせ》となって、日本に行くどころか、その希望すら漏らせば罪になる恐れがあった。

ところが、一念天に通ず。三十六歳の時、ついに転機が訪れ、肉親の協力で来日、少年時代の夢はやっと実現した。感無量だった。

気が付くと、母は「香」とは縁が深い。母の名前が「芳江」、埋葬地が「大芳士」。生前・死後、ともに「芳」の字とつながり、とても不思議だ。「芳」は「香」とほぼ同義で、「香」の字を分解すれば「禾」が「日」の上に立つ。禾（穀物）は太陽熱に頼って生きることを意味し、生命をも象徴する。母の芳香は巨大な生命力と化して私の体に生き続けている。

（64歳　元会社員）

おちょこの底の貧乏寺

高野 東風

帰宅すると香のかおりが微かに漂っていた。

「お香、焚いたのかい」

妻に訊くと
「そうなの、今日着物に焚き染めたの」

そう答えた。

淡い白檀の移り香に包まれて、晩酌をした。

それは、懐かしい「かおり」だった。旧友に再会した時のような、懐かしさだった。

手酌で一杯やっていると、なんだか遠い日への郷愁に駆られた。


京都の北の貧乏寺で生まれた。師走がやって来ると、檀家さんが祖母を南座の顔見世に誘いに来る。それが冬の訪れを報《しら》せる合図のように、祖母は冬物の着物に香を焚き染めた。

それがたった一つの、貧乏寺の母堂《ぼどう》の楽しみだったのかも知れない。

妻の焚いた香のかおりに引き寄せられるように想い出が幾つも浮かんで、僕の箸をとめた。


もう何十年も昔、師走の北大路通りから市電……その頃は「ちんちん電車」と呼んでいたが……に乗って、祇園の交差点前で降りた。八坂神社は新年を待つようにひっそりしていた。それと対照的に四条の商店街は人で賑わっていた。四条大橋を渡ると、風はもう冷たい。ユリカモメ達が水面に羽根を休めている。スピーカーから「ジングルベル」が聞こえる。

小学生の僕には歌舞伎は決して面白いものではなかったが、祖母に手を引かれ、もう直ぐやって来るクリスマスに心をときめかせた。


「どうしたの、ぼんやりして」

妻が言った。

「ああ、ノスタルジーって奴にひたってたんだ」

「へーえ」妻が笑った。

そして
「どんなノスタルジーなの」

と訊いた。

「昔々、貧乏寺の婆様とその孫が師走の京都の町を、歌舞伎見物に出かけた。それだけの話」

そう妻に説明したら、おちょこの底に遠い日の貧乏寺が揺れていた。


（53歳　自営業）

叔母の鯖寿し

西岡 二三子

仕事帰りに、叔母の家に立ち寄った。脳外科病棟での長い入院生活から解放された叔父が、そろそろ以前の暮らしに慣れた頃合いのはずだ。

「まあ、おじちゃんのようすを見にきてくれたん？　ありがとう」

叔母は声を弾ませ、居間の背もたれ椅子で寛いでいた叔父は、私を認めると柔らかい笑みを浮かべた。

若いころの叔父は無愛想なくらい寡黙で、親戚が集まってもほとんど喋らず、笑顔すら見た覚えがない。けれど今、目の前の叔父はなんとも優しい顔をしている。

たわいない世間ばなしをしていると、叔母が鯖寿しを運んできた。

「ふみちゃん、鯖寿しを食べていき。おじちゃんが好きやから作ったんよ」

「えっ？　でも悪いわ」

恐縮する私に構わず、叔母はくだものもあるからと台所に戻っていった。

「鯖寿しはあのひとの得意料理なんや。食べてやって」

叔父はますます目を細めている。

ひと切れ摘まむと、ふんわりと酢の匂いが鼻腔をくすぐる。病み上がりの叔父の為にほどよく暖められた室温で、その香りはまろやかさを増しているようだ。

おいしいと連発しながら頬張る私に、叔父も満足げだ。そして、小さな声で言った。

「僕はね、今はあのひとの為にだけ生きてるんよ」

私は思わず背筋を伸ばした。

「ちょくちょく、食べにきてやって」

それは叔母をよろしくという意味だったのだと、暫くして逝った叔父の葬儀の席で思ったものだ。それからも何度かいただいた鯖寿しの匂いは、いつも同じだった。控えめだがどこか凛としている。

叔母にはきっと、幸せな時間の記憶につながる大切な香りにちがいない。

（53歳　会社員）

流れ星とカトリさん

みみみみ

中学二年の夏。新聞の「ペルセウス座流星群今夜見ごろ」という記事を私に見せながら母が言った。

「今年はこれを理科の自由研究にしょうや」

母は毎年、私の夏休みの宿題にはりきって口出しした。中でも理科の自由研究は彼女の独壇場だ。

母の指示で私は教科書を見ながら夏の星座を画用紙に描き、実際の夜空で判別できた星座には○をつけることにした。そしてやはり母の指示で、その上に透明のセロハンを重ね、そこには流れ星が見えた場所と方向を油性マジックで書き込めるようにした。

母はいそいそとその他の準備を始めた。軽トラの荷台にゴザとタオルケット、懐中電灯を置き「カトリさん」を連れてきた、いや、持ってきた。(母は蚊取り線香を「カトリさん」と呼んだ)

午後十時。家の電気を全て消し、荷台に母と二人並んで寝転がり、空を眺めた。真夏でも夜気《やき》は肌寒く、タオルケットを胸までひっぱり上げる。

辺りにはカトリさんのザラリとした苦みを含んだ匂いがたちこめている。

「流れ星の群れ」と書いて流星群。星はあわただしく流れ続けた。星座の判別と流れ星の記録に追われ、願い事をする暇もない。

流れ星が少しでも途絶えると、忘れかけていたカトリさんが一気に存在感を取り戻し、その匂いが急に気になった。

あれから十八年。再びペルセウス座流星群の見ごろを迎えた。母は孫たちの世話に疲れ、いびきをかいて寝ている。ふらりと一人外に出て、夏の夜空を見上げた。

一つ流れた。よし、十個は見てやろう。

……あと三つ。

……暑い暑すぎる。首が痛いし腰も痛い。人間あきらめが肝心です。そう思った瞬間、そこにいないはずのカトリさんの匂いがふいに鼻をかすめた。

(32歳　公務員)

金木犀

大井 裕貴

「五月待つ花橘の香をかげば昔の人の袖の香ぞする」古の歌にもあるように、香りは人の記憶に強く働きかける作用がある。

誰にでも忘れられない香りはあるが、僕のそれは祖母の家の玄関脇にあった金木犀だった。

祖母の家に行き来していた頃、夏から秋へ変わる瞬間を、いつもその金木犀の香りが教えてくれた。

ある夏の日、祖母が突然病に倒れた。病状は思わしくなく、親戚中が慌ただしく病院を往復する中、僕も様々な手伝いのために、毎日のように祖母の家へ通った。

夏が終わり暦が秋に変わっても、祖母の容態は依然として安定しなかった。「お祖母ちゃん子」の僕にとって、その時期は絶望の日々だった。幼いながらも、祖母に永遠に会えなくなるかもしれない恐怖を痛い程感じ、毎日が不安と緊張でいっぱいだった。

そして十月が終わりを告げる頃、祖母は静かに旅立って行った。

祖母が逝った翌日、祖母の家の玄関を出た僕は突然胸を衝かれた。小さな橙の花びらが、褪せた絨毯のように敷石の上に散らされていたからだ。見上げれば、金木犀の枝にはもう葉の色しかなく、その香りもとうに失われていた。

その瞬間、僕の中で何かがはじけた。吐き出すように涙が溢れ、止める術《すべ》も無いまま僕はあることに気付いた。この数ヵ月間、僕が全く生きていなかったことに……。

金木犀が花をつけた時も、季節が移り変わったことも、僕は何一つ気付かなかったのだ。心が死に五官は機能を失って、何も見ず何も聞かず、金木犀の香りさえ僕には届いていなかった。自分の心がどんなに張り詰めていたかを知り、僕は崩れた。

そして次の瞬間、既に香りを失くした花びらを踏みしめながら、不意に祖母を感じた。失った香りから、祖母のメッセージを聞いた気がした。

「生きなさい」と……。今でも金木犀の香りを嗅ぐと、僕は祖母の声を聞く。そして彼女のいない空の下で、今日も誓う。

前を向いて生きることを。

（16歳　学生）

さまざまなものが混じりあって
地球の安心の香りは生まれる

この回の作品集『かおり風景』には、審査委員長を勇退された藤本義一氏の「感謝」という直筆文字が掲載されています。

前年の東日本大震災を経て、日本は非常な痛みと悲しみの只中にありました。「香・大賞」においては、個人個人が感じる香りもこれまでと明らかに違ってくるのではないか、と想像されました。それがどんな香りでもそこに希望を嗅ぎ分けたい、「絆」と「感謝」が呼応するように、と。

この回から審査委員に就任していただいた哲学者の鷲田清一氏は、日本の諸都市が元々もっていた固有の匂いを既視感ならぬ既嗅感として「ひとはその昔、もっともっと物の近くにいた。他の生きものと体をとおして交わっていた。その混じりあいを匂いとして放っていた」（作品集『かおり風景』）と表現しています。

受賞作品の〈潮の香り、海の匂い〉には、被災した作者がこの一年で感じた想像を絶する「混じりあい」の匂いと、ようやく取り戻した土地本来の「混じりあい」に育まれた安心の香りが描かれていました。

2011

第27回［香・大賞］入賞作品

二〇一一年募集・二〇一二年発表

一杯が、いっぱい

琴音みう
44歳　会社員　山梨県

最近、食後に洗う食器がめっきり減ったように感じていました。お茶碗を使わず、丼にご飯とおかずを盛る小学六年生の息子。私が

「洗い物減らしてエコよ！」

と諭してきたからかもしれませんが、どうも様子が違うような……。炊飯器におかずを入れて食べようとした時に私は「待った」をかけ、極端に食器を使わなくなった理由を問いました。

今年の五月頃から、東日本大震災の影響で数組の家族が近くに疎開しています。町内会では、ささやかな歓迎会を開催。バイキング形式で取り皿が用意されたものの、使われたのは丼ひとつ。そこにご飯を盛り、惣菜を足し、サラダやフルーツを添えていました。避難所での慣習でしょうか。水道が使えない地域では食器にラップを敷いて食べるのだとテレビで見たことがありましたが、本人の口から聞くと現実味が増します。

盛況のうち、味噌の香りに引き寄せられるように注目を集めたのが『ほうとう』です。幅広の麺を使い、野菜といっしょに煮込んだ山梨の郷土うどん。ある年配の方が、ふるさとと岩手の『ペロッコう

どん』を想い起こしていました。麺の幅がほうとうの数倍はあり、つゆが異なるものの「うどんに味噌ってのもいいねぇ。あったかい香りがする」

と言われ、嬉しく思いました。支給されたカップ麺を食べた後、そのスチール容器にスナック菓子やパンが盛られたことがあるとも。丼には麺もつゆも残っていませんでしたが、味噌の香りが微かに漂いました。

歓迎会以来、息子は避難所のことを気にかけていたのでしょう。下の階に住む奥さんが、過剰になっていた息子を諭してくれました。

「シンちゃんも大人になったね。でもね、あんたがお皿使わないと、あの子らも遠慮して使えないんだよ。今度は色んなお皿を用意して、みんなで分け合って食べてみらぁ」

地域の器は色んな人の話で一杯になり、私の胸は感謝の気持ちでいっぱいになりました。

はるさん

札幌おばぁちゃん
58歳　主婦　北海道

タンスの引出しには樟脳を一袋ずつ投入。部屋に入ると虫になった気分で憂鬱だった。

喧嘩が好きで〝テンション上がって楽しかったぁ〟って帰ってくる。そういえば老人クラブもタンカ切ってやめたっけ。一日中デパート歩きは平気でも、掃除機をかけると途中で〝心臓が苦しい〟って寝込んじゃう。杉様が大好きで〝テレビでデートしてたの〟って。家事が嫌いで嫁任せ。〝三食出てきて旅館みたい〟って。強烈な個性の義母との同居。

そりゃ若いときはお風呂でそっと泣きましたよ。可愛かったねぇ私も。

どうやってもかないません。

三食は作りましょう。掃除もしましょう。

でもあっちこっちで悪口言っちゃうよ。

オイオイって時は逃げちゃうよ。おかげで危ないものからの逃げ足は速くなったねぇ。

憎まれ口もたたいたね。〝お父さん迎えに来ないね〟ってばあちゃん〝そりゃあ、あの世でのんびりしたいんでしょう、暫《しばら》く来ないよ〟って私。ありゃ二十年も経っちゃった、もう忘れてるかもって。

強くなったねぇ私も。

老人ホームに入って七年、大好きな一人息子は最後まで忘れなかったね。〝横にいるのは嫁さんかい？〟〝はい嫁です。よろしくお願いします〟って毎週あいさつしたね。

不思議なもので、三十年も一緒にいると好きとか嫌いとかとっ越しちゃうんだね。

ばあちゃんが呆気ないほどコトンってあっちに行っちゃって〝どうしたらいいんだよ、休みの日にどこに行けばいいんだよ〟ってうろたえた。あれから三年、休みに行く所もできちゃった。それでやっとばあちゃんの着物の整理に手を付けた。久しぶりの樟脳の香り。不意に、いたずらっぽい得意げな笑顔のばあちゃんが現れた。

あれっ恋しい　うそだろ　いや恋しい。

はるさん、ずっと一緒に生きてきたんだね。納骨堂も一緒に入れる大きいのに替えたよ。

はるさん、もう暫く待っててね。

くちなし

島　糸子
47歳　パート　愛知県

母はくちなしを愛し、庭のその白い花に
「なんだか切ない名前だねぇ」

と話しかけていた。当時の私は草木に興味など無かったが、母が活ける一輪挿しから広がるこの甘い香りを毎年楽しみにした。

そしていつまでも……いつまでもこんな初夏のささやかな幸せが繰り返されると信じていた。

ある年、父が家業に失敗し、ついに家までも手放さねばならなくなった。父は半ばヤケになっていた。すでに嫁いでいた私は何より母を案じた。ただひたすら家庭を守る、傲岸《ごうがん》な父のまるで影のような人……。が、母は思いがけず明るく、相変わらず淡々と父に従った。

引っ越しの肌寒い朝。母は赤黄色の実を付けたくちなしの傍にポツンと立っていた。

「ごめん……連れて行けない……ごめんよぉ」

母は幾度かそう呟くと、肩を震わせ声を殺して泣いていた。そんな母を見たくはなかった。

一年が過ぎた。母は末期癌だった。かつての福々しさが嘘のように痩せ衰え、ほぼ寝たきりとなっていた。母が力無く私に言った。

「ねえ……くちなし……元気かねぇ」

当然母も私も知っていた。その後あの古い実家は取り壊され、瞬く間に美しい分譲住宅に姿を変えた。と同時に私達家族の数十年の息づかいなど跡形もなく消え去ったことを……。それでも母と私は会話を続けた。

「うん、もうじき……。もうじき花が咲くよ」

けれど程無く母は逝った。結局母は老いた身に降りかかった数々の不運を嘆くことも無く、むしろ何かに感謝しつつその最期までを丁寧に生きた。やがて二年後、父も逝った。

あれから私はさまざまな葛藤を抱えたが、歳を重ね、両親の……多分両親にしか解らない「夫婦のありかた」もようやく受け止められるようになった。そして母の「時間は薬」という口癖のとおり、未だ涙を誘うくちなしのあの花の香りだって、またいつの日か好きになれそうな気がしている。

背中

佐々木藍
26歳　会社員　愛知県

ベッドの上で横に眠る夫の指先を起こさないようにそっと握ると、昔のことを思い出した。

「ここは私の家なんだから嫌ならいつでも出ていけばいい」

祖母の口癖。本気じゃないかも。けど残酷。

親が離婚して、母は出ていったから昔堅気の厳しい祖母と家ではいつも二人だった。父は仕事が忙しくて、私は万年愛情不足。私は足りない愛をいつもどこか他の場所に求めていて、それを満たしてくれたのは当時付き合っていた夫だった。

ある時私は我慢しきれなくなって、真夜中に家を飛び出したことがあった。真冬の凍てつく寒さの中、行くところもなくて、それでも意地で家には帰りたくなくて。

「家出しちゃった。好き?」

もうどうしようもなくなって、人恋しくなって最後に行き着いたのがこのメール。笑っちゃう。自分ながら何が言いたいんだか。

彼は飛んできてくれた。気持ち悪いほど暗い夜中に痛いほどキツイ寒さの中、救いきれないほどバカな私のために。

キィキィとゆっくり自転車の重いペダルを漕ぐ彼の後ろで、私はしっかり彼の背中にしがみ付いていた。結局家に戻ることになったのだ。

反省したから？

彼に諭されたから？

自分の運命に屈したから？

違う。きっと欲しかったものが、手に入ったから。

彼の背中はあったかくて、汗の匂いがした。ハァハァと彼のはく息が真っ白な煙になって空に立ち上っていた。それをずっと上に辿ると、闇の中に今にも零《こぼ》れおちそうな星屑が広がっているのが見えた。

「一生この人についていこう」

私は心の中で誓った。彼も私も十六歳、高校一年生の冬の、忘れられない出来事。

母の小包

グレアム 明美
58歳 会社員 英国

毎年十二月が来るのを待ちかねたように母から小包が届く。小包の中身はいつも雑多だ。干し柿、昆布、黒豆、小豆、ひじき、海苔、梅干、落花生、玄米茶、銀行の名前の入ったサランラップに手ぬぐい、等など。私の好物というよりは、主に母の好きなものが入っている。私はそれぞれの小袋をゆっくりと手に取って眺める。柿はあの商店街の「八百文」さんから。昆布、黒豆、小豆などは、平野薬局の隣の「高木乾物店」で買ったようだ。母は買い物をした時のままに、包装紙を取らずに送ってくれる。落花生は「鈴山」さんからだ。まだお店は続いているようでほっとする。昨年、里帰りした折「こう不景気じゃ、店をたたまなきゃならないかもしれないよ」

なんて、店のご主人が言っていたのだ。

母の小包から私は、故郷の街の商店街の通りを目に浮かべる。すると、その通りを母が買い物籠を下げてゆっくりと歩く様子が次第にくっきりと浮かんでくる。お茶を買う時「源」さんの若いお嫁さんは母の質問にちゃんと答えられたかしら？

「最近の若い人は物を知らなくて困るよ。お客さんならそれで良いけど、物を売る立場の店の人はそれじゃ困る。お客さんの方が良く知っているなんてことじゃ、かっこ悪くて暖簾は出せないもの」

母はお嫁さんのいるのに気づかずに、ご隠居さんとそんな立ち話をして、一緒にいた私はあの時冷や汗ものだったのだ。

実家から遠く離れた地に嫁いだ私は、なかなか故郷に足を運ぶことができない。頻繁に母に会うことも叶わない。でも母からの小包は、いつもたくさんのことを私に教えてくれる。母が元気なこと。故郷の商店街のお店も元気なこと。母がいつものお店でいつもの好きな買い物をしていること。母が故郷の中で生きている、生かされているという安心感を私に届けてくれるのだ。

さあ、今度の週末には母が送ってくれた乾物で張り切って料理をしよう。台所一杯に『母さん』の香が漂うことだろう。

潮の香り、海の匂い

吉野梨莉
33歳　事務員　岩手県

八月も半ばのことだった。

二〇一一年の夏は馬鹿げて暑く、その上冷房設備も壊れているので、職場の窓はいつも全開になっていた。

その日、本当に、本当に久しぶりに、懐かしい香りがしたのだ。

その香りに、私は思わず仕事の手を止め、外を見遣《みや》った。よく晴れて、青空を気持ちよく白い雲が往く。

私がぼんやりと外を眺めているので、気になったのであろう、隣の席の同僚が訝《いぶか》しげにこちらを見たが、彼にもすぐに理由が分かったらしい。

「すっげー、海の匂いしますねー！」

「……うん。久し振りだなぁ……と思ってさ」

海のすぐそばにある職場の窓からは、いつでも潮の香りがしていた。いや、この建物だけではない。今思えば、町全体をこの香りが被っていたのだ。あの三月十一日までは。

あの日、町には重油の臭いが立ち込めた。そして黒い波が運んできたヘドロの臭いと、魚の腐るような臭いがそれに取って代わった。

今まで在った日常は「ガレキ」と名称を変え、至る所に石灰が撒かれ、外はマスクをしなければクシャミが止まらない。文字通り、町は拭い切れない死のにおいに満ちていた。幾度となく、涙が零《こぼ》れた——。

あれから、五ヶ月。

懐かしい海の香りが再び立ち昇ろうとしていた。波が全てを連れ去った後には、青々と草むす礎石が見える。まるで、遠い昔の遺跡みたいに。

「ああ……。この匂い……久しぶりですか」

隣の席の青年はこの四月に採用されたばかり。彼はあの津波を直に見ていない。

「そうだよ」

こんなことがあって尚、私はこのまちを離れられない。彼に、答えながら、この香りのない場所では生きられない自分を思った。

りんご

村田優子
52歳　会社員　京都府

次男が、大学へ行くのをやめて、ひきこもっている。幼い頃から、優しい子どもで、とても泣き虫だった。ふだんは明るい性格なのだが、何かあって悲しくなると、いつも、壁と食器棚の隙間に入りこんで、膝をかかえて泣いていた。絵本を読んでは、ほろりと泣き、けんかのあともしくしく泣き、ひとしきり泣いたら、いつの間にか隙間から出て、けろりとして遊びはじめるのだった。そんな彼も大人になった。もはや食器棚の隙間には入れなくなり、人前で泣いたりする姿を見ることは、なくなったのだけれど……。

最近、学校やバイト先で、うまくいかないことがあったり、ちょっとした失敗を冷たい言葉で責められたり、ということが続いたようだった。遠くの大学に電車とバスをいくつか乗り換えて通っていて、体力的にも無理をしていたのだろう。いつしか笑顔と自信を失ってくたびれ果て、深く沈み込んでしまったのだ。自分の部屋からほとんど出て来なくなって、もう数ヶ月になる。心も体もそれ程にまで疲れ切っていることに、私はどうして気付いてやれなかったのか。

掛ける言葉が見付からず、途方に暮れたまま、日々は、ただただ、過ぎてゆく……。

長野から、今年も紅玉のりんごが届いた。毎年、このりんごでパイを焼く。りんごのパイは、家族みんなの秋の楽しみ。とりわけ次男の大好物だ。りんごを煮る甘い香りが、家中に広がる。待ち切れず、台所を何回ものぞきに来た、幼い次男の姿を思い出す。鍋の中のりんごは、つやつやとやわらかく、ほぐれてゆく。りんごの香りに包まれて、思わずぽろぽろと涙がこぼれる。

次男の部屋で物音がする。りんごの香りよ、届け、届け。楽しかったことや嬉しかったことを思い出して。あなたを大切に想う気持ちも、この香りに乗って、あなたの心に届きますように。少しでも元気が出ますように。大丈夫。また歩き出せる日が、必ず来るから。

女ごころ

児玉和子
85歳　主婦　東京都

戦争が終わったある日、東京から帰った父は、闇市で買ったと、ラックス化粧石鹼一個をくれた。疎開先のここ萩で買えるのは魚油石鹼。香りなど望むべくもない。

アメリカ駐留兵からの流出品ラックス化粧石鹼は、艶やかな包装紙から純白の姿で現れ、ついぞ知らない香りを放った。洗顔後の残り香は身も心も昇華される気さえして、どんなに惜しんで使ったことだろう。洗顔後は大切にしまった。十回も使った頃、しまい忘れたと気づくまでの数分のうちに、ラックスは忽然と消えた。

そのころの我が家は、満州から引き揚げてきた叔父夫婦との同居生活だった。

二、三日後、ふとすれ違った叔母からあのラックスの香をきいた。

違う。ラックスの香ではない。私は無理にそう思った。叔父夫婦は旧満州を半年余もソ連軍から逃げ惑い、略奪され尽くしての引き揚げだった。丸坊主の男装に身をやつした叔母に、昔を偲ばせるものは、博多献上の伊達巻き《だてまき》一本だけだった。

「人間は極限状態を繰り返すと、神経は鈍く太くなり、それが安全弁でもあるのよ」

旧家から叔父に嫁いだおっとりとした叔母は、淡々とはなした。

四十歳に満たない女ざかりでざんぎり頭にモンペをきりりと履き、毅然とした立ち居ふるまいを見せる叔母は、煩悩を絶った修行僧のようだった。

ある日また、叔母はあのラックスの香を残してすれ違った。そしてその夕べ、ラックスは洗面所の棚にぽつんと置いてあった。今にして思う。解脱僧とみえた叔母の女心は、どこに隠れ潜んでいたのだろう。他愛ない色香に迷い出てきたというのだろうか。

特殊な時代ではあったが、独り占めしたラックスに私は悔いを残している。

切ない思い出につながるラックスの香。私には使えない。

運河を渡る風

佐野透
61歳　無職　山梨県

私の父は、十年前に死んだ。

いつも、ニコニコ笑っていて、酒ばかり飲んでいた父。無口な人だった。だから、その分、母は、出しゃばりだった。男の人と、負けないで、ロゲンカしてた。

そして、父に、いつも言ってた。

「あんたが、だらしないから、私がやらなければならない。男だったら、もっと、しっかりしろ」

その時の父は、黙って悲しそうな顔をするだけだった。

永年の酒がたたって、最後は、寝たきりになり、母は、毎日、下の世話と食事の介助に追われることとなった。

母は、しゃべれないほど衰弱した父に
「しっかりしろ。そんな事でどうする」

と、言い続けた。

父は、あっけなく死んだ。

葬儀とか納骨とか、何がなんだか分からずふわふわした日が続いた。

やっと落ち着いて、父の遺品を整理した。

戦争に行っても、写真ばかり撮っていたと母は、言って、沢山の写真と、永いシベリア抑留を終え、日本に帰ってきてから描いた絵を見せてくれた。

「人と争うことが嫌いで、損ばかりしてた」

と、母は涙ぐんだ。

写真は、セピア色に変色し、アルバムも陸軍の星が付いた古いもので、捲《めく》る度に乾いたオガクズみたいな匂いがした。

写真に写っている戦友が、誰なのか。生きて帰れたのか。父は、何も語らなかった。

今、そのアルバムには、父の写真は一枚も無い。母が、焼いてしまったのだ。

しかし、なぜか絵は焼かなかった。父が残した絵の中に、中国で戦闘中、つかの間の休息をしていると、近くの運河を少女が、水牛に乗って渡っているものがあった。

運河を渡る風が、菜の花の香りと、少女の歌声を運び、日本の懐かしい故郷を思い出させた。と、絵に書き込みがあった。父は、戦争が嫌いだったに違いない。だから、人と争うことが嫌いだった。

家族おでん

織江 大輔
33歳 会社員 大阪府

五年前の冬の日、スーツの僕はカチコチに緊張して廊下を歩いていた。

「お父さん、いらっしゃったわよ！」

僕の義母となる人が座敷の前で止まり、にこやかに言う。隣の彼女をちらと伺うと、いつものようにニコニコ笑っている。結婚の挨拶という人生の一大事を前に、女は強しと思い知る。

――父さんは少し変わってるから。

行きの車中での彼女の言葉が頭に浮かび、再度身が強張る。

「し、失礼します」

ままよ、と座敷の襖を開けた。

黒スーツ。正座のガッシリした男性が目に入った。

「……どうぞ」

こちらも見ずに、座布団を指す義父。予想以上の威厳にすくむ僕。

僕は低頭しながら前に進み、考えていた口上を言おうと、顔をあげた。

「あの、今回」

「まあまあ」

「は？」

「まあまあ。お母さん、用意して。おまえも手伝いなさい」

出鼻をくじかれ呆ける僕を尻目に、義母と彼女がはいはい、と座敷を出ていく。

二人になった。重い沈黙がおりてくる。

「あの」

「まあまあ。君は、おでんは好きですか」

挨拶もまだなのに、何を言い出すんだこの人は。

「はあ、好きですが……」

「そうですか。それはよかった」

何がいいのかわからぬまま、また沈黙。

気まずさに耐えかね、再び口を開こうとしたその時だった。

「はいはい、お待たせしました！」

襖の開いた先に、義母と嫁さんが大きな鍋を持って立っていた。

「うちのおでんは、旨いです」

そう言って義父は、机に運ばれた鍋の蓋を開けた。

冷たい座敷に、白い湯気と一緒にかつおの匂いがふわあ、とひろがる。

「ま、食べましょう」

出汁の温かい香りと、義父の見せた笑顔。緊張が、するする解けていくのがわかった。

大根、卵、竹輪、牛すじ、蛸。実に旨かった。ビールまでご馳走になった。皆で同じ鍋をつつきながら、笑って自己紹介とご挨拶をした。

鍋が空になる頃、赤い顔の義父が言った。

「いろんな具が入って、いい味になるんです」

不器用なＯＫが、身にしみた。


あれから五年。家族になった僕は、必ず帰省時におでんをリクエストする。

母の料理の香り

菅沼 亜衣
16歳 学生 静岡県

香りと言えば、様々な香りがある。自分が快いと感じる香りと、不快と感じる香りの二つに分けられる。その中で、私が一番快いと感じる香りについて書こうと思う。

私の一番好きな臭いは、母の作る料理の香りである。日によってその香りは、異なるのである。だが、その香りは異なっても、何か感じるのである。他人が作った料理は、確かに、いい香りだと感じるが心がホッとなる感じはあまりない。いつも母が作っているから慣れというものがあるのかもしれないが、母の作った料理の香りには、心が落ち着き、安心感をもたらす作用があるのかもしれない。

私は毎朝、この香りを一番に嗅ぐ。この香りを嗅ぐと今日、一日の始まりだと気づくことができる。母の料理の香りには心を落ち着ける作用だけでなく、一日の始まりを知らせてくれる作用もあるのである。私は、最初に香りは、快、不快があり、私たちはそれを感じると言ったが、香りにはそれだけではないことが分かった。香りには一日の始まりについて、つまり今がどんな時間なのか教えてくれる力があるのである。香りには、快、不快を感じさせる他に力があるのである。

私は、毎日、この香りを嗅いでいるので、当たり前の香りになっている。だが、だからこそ、余計に大切な香りだと感じる必要がある。だから、私は、料理を作ってくれ、そして香りを作ってくれる母に感謝したいと思う。他にも、いい香りがあると思うが、この香りは特別な、そして貴重な香りなのである。なぜなら、自分で作ることができない、他人にも作ることができない、母にしか作れない香りだからである。母の料理には、母が私のために作ってくれ、私への思いがある。そして、温もりがある。だから、母の作る料理からは落ち着き、安心感をもたらす香りがしてくるのである。お母さん、毎日おいしい御飯を私たちのために作ってくれ、よい香りを作ってくれ、本当にありがとうと感謝したい。

今も消えない

竹内 はる子

大正の末期わたしは、父の赴任地である信越地方の雪深い小さな町の小学校で高学年の日々を過ごしていた。

積雪が電柱を埋めるほどの冬の朝、登校の締切時間がかなり過ぎた頃、教室の入口が開いて、四人、又、五人と遅刻した児童が入ってきて前列の席に着く。

先生もそれが毎度のことなので、咎めもしないし、クラスの子達も右へ習えで見て見ぬ振りである。

遅れた児達の首には、不似合な固練白粉《かたねりおしろい》がべっとりと塗られていてその白さを浮き立たせている。

前夜、姐さん芸者の三味線持ちをして歩いた名残りである。

教室の煖炉の火が、ノンノンと燃えさかってくると、首に塗られた白粉の匂いがそれとなく漂いはじめる。

その頃の北の国の生活は侘《わび》しく、家族の中でも女の子は金の卵として大切に扱われることが多かった。

女児は、十五、六歳の高学年ともなれば、女としてのうるわしさが目立ちはじめ、わけても雪国の生れは色白で餅肌、お酒の席のお相手には打ってつけである。

クラスの首の白い子達も、三人四人と居なくなっていった。


「東京へ行ったんだって」

「奉公に行ったんだ」

「玉の井って言う所だって」

「どんな仕事するんだろう」

「おら達にも出来るかなあ」

噂はひろがったが、実体迄分かる筈がない。

分からないことは母に聞こう。

「母ちゃん、玉の井ってどんな所」

母の表情が狼狽《うろた》えた。

「怖いところだよ」

あれから歳月はゆく川の流れと過ぎたが、あの強烈な白い匂いは、中々消えそうでない。


（97歳　愛知県）

悪戯《いたずら》を止める匂い

口場雁夫

昭和二十四年生まれの私はいわゆる団塊の世代の最後だ。入学した江東区立の小学校は校舎の半分が空襲被害を受け、残った半分に手を入れて授業が行われていた。焼夷弾《しょういだん》に焼かれた部分はシートカバーで被覆《ひふく》された。

危険だからと境目を板張り壁で遮断し通行禁止にされた校舎の半分は、子ども達にとっては絶好の「お化け屋敷」となった。

放課後、四年生の兄に手を引かれて、三階の廊下の先、板張りの壁の前で一年生の私は小さな胸をドキドキさせていた。兄が力をこめて板張り壁の下を剝がすようにめくると、すぐに子どもが通れる空間ができた。打たれていた釘はすでに抜かれていて、ただ元の穴に差し込まれているだけだった。身体をくぐらせるとそこは別世界だった。所々に大きな穴がボコボコと開いている焦げたコンクリ壁。内から折れ曲がった鉄筋が、蜘蛛の巣のように不気味に剝き出しになって這い回っていた。燃えるものはすべて焼失していて、廊下沿いにあったはずの教室もただ四角型のコンクリ函《ばこ》でしかなかった。一階まで下が見通せた。

「足下には気をつけろよ。便所が面白いんだ」

兄は興奮気味で私の手を強く引いて歩いた。そこは本当に奇妙な空間だった。周りをコンクリ柱に囲まれたその一郭《いっかく》に陶製の便器が整然と白い肌を晒して並んでいた。

「皆なやる儀式するぞ」

兄が慎重に一つの便器の前まで足を運ぶと半ズボンの前をあけた。が、兄の手がとまった。顔色が変わった兄の目線の先、柱のヒビ割れに赤い箸が差し込まれていて桃色の布袋が赤糸で吊り下がっていた。その時はじめて辺りにいい匂いが漂っていることに気がついた。

「帰ろう」

兄が言い出した。

三年生になるとお化け屋敷は取り壊された。

ある日、掃除の時間に、私が廊下でモップを振り回して遊んでいたところ、突然後ろから兄の担任の女教師に抱き止められた。

私は吃驚《びっくり》した。兄の悪戯をとめたあの時のいい匂いが私をすっかり包みこんだからだ。

（63歳　団体役員　東京都）

ヒマラヤの香り

奥津 博士

「吹雪がひどくなって来た、安全のためビバークする。全員元気。どうぞ」

「了解。下山が延びることを連絡しておきます。どうぞ」

無線の相手は裕さん。趣味が高じて登山用具専門店の店長になった山男だ。

北海道を代表する旭岳、十勝岳など二千メートルを超える山々にアタックするベテラン登山家は勿論、気軽な山歩きを楽しむ人達にとっても山と下界を結ぶ連絡方法はもっぱらアマチュア無線に頼られていた時があった。

ビバークの翌日から山は晴天に恵まれ十勝岳の縦走を終えた山男たちは無事下山、無線のサポートも無事終了した数日後、裕さんは雪焼けした赤黒い顔に白い軟膏をベットリと塗って我家に現れた。

「無線連絡ありがとう。ほいおみやげ」

裕さんは袋の口を輪ゴムで結んだだけの少し萎んだ半透明のビニール袋を差し出した。

私は袋を潰さないように輪ゴムをはずすと、ワインをテイスティングしている人のようにそっと見えない袋の中の香りを味わった。

「うん、なんの匂い？ ラーメン」

「標高千九百五十メートル、ビバークしたテントの中のディナーでございます」

裕さんはステーキを切る真似をして笑った。

高山植物の花畑。頂上も登山家もすっぽり包みこんだ雲海。満天の星空と澄みきった空気。山に登った人だけが味わうことのできる数々。裕さんのおみやげはいつも山の香りでいっぱいだった。

ある日
「来春、ヒマラヤに行く。山の香りをたくさん持ち帰るから楽しみにしていろ」

と裕さんが言った。そして入念な準備と何度も繰り返された訓練の後、まっ黒に日焼けした六人の登山家は笑顔で日本を後にした。

あれから十五年、裕さんの持ち帰るヒマラヤの香りを私は今も待ち続けている。


（62歳　北海道）

薄化粧

大下 悦子

「どこの香水を使ってらっしゃるの?」

母は昔からよくそんな言葉をかけられた。

「香水なんて使った事もございませんのよ」

小さく右手を振りながら答える顔が、ほんのり赤らんだのを覚えている。

近くに居すぎるせいか、大人になるまで母の匂いを意識したことはない。

結婚して数年たった三十代の初め、故郷を離れた都会の雑踏で、不意に懐かしさが込み上げたことがある。歩きながらその訳を考えあぐねた。

仄《ほの》かな母の匂いを嗅いだのだと気づいた時は目頭が熱くなった。確かに香水のようだが……、何なのだろう? 分からないままに時が過ぎた。

ここ二年、八十代も後半に入った父が入退院を繰り返している。還暦近くなった私は、父と大して年の違わない母を手伝って、ひと月のうちの一週間を実家で過ごす。

父のいる病院へ出かけるために薄化粧をするのが、この頃の母の日課になっている。

「えらいね」

と言うと
「綺麗にしていかないとお父さんががっかりするから」

と笑う。

それなら私もと、化粧道具を借りた。下地クリームとファンデーションを塗り、粉を叩く。その瞬間、強すぎるほどの母の匂いが鼻腔に広がった。

これだ! 老舗化粧品メーカーの白粉《おしろい》だった。たずねると、若い頃からずっとこのパウダーを使っているという。

これがほんわりと淡く香ると、母に寄り添われているような気持ちにさせるのだ。

「お母さんの匂いの素はこれだったんだ!」

数十年来の謎がとけて、自分の声が弾む。

そんな私を、母は寂しげに見返した。

「いつまでこの匂いでいられるかしらねぇ。いい年をして恥ずかしいと思いながら、お父さんのためにお化粧しているんだから……」

薄化粧の母の声が微かに震えた。


(59歳　主婦　兵庫県)

麝香《じゃこう》は時を越えて……

鷹尾　へろん

かれこれ十二、三年も前のことである。

近所に小学生の姉妹が住んでいた。犬の散歩で私が通りかかると、その姉妹はいつも元気に挨拶し、犬を撫でてくれるのだった。ご両親の話によると、二人とも生き物が大好きで、犬どころかバッタや毛虫まで好きなのだという。それを聞いて私は俄然《がぜん》嬉しくなった。というのも、私自身子供時代の昆虫好きが抜けず、いい歳をして虫の観察などを続けていたからだ。丁度その時は〈ジャコウアゲハ〉というチョウの幼虫を飼育していた。試しにその話をすると、姉妹は目を輝かせ「自分たちも飼ってみたい」と言ってくれた。その時点で、私たちは虫仲間になったのである。

ジャコウアゲハは不思議なチョウだった。幼虫は〈ウマノスズクサ〉という悪臭を放つ草を食べるのだが、それが成虫になると仄《ほの》かな芳香を放つのである。それで名前が「ジャコウ…」なのだ。しかも、羽の尾がスラリと伸びて、まるで八頭身美人のようである。

ただ、問題はクサイ葉を食べる幼虫だった。幼虫は無数の突起を全身にまとい、はっきり言ってグロテスクなのだ。おまけに成長すると体長は数センチにもなる。（もしや、姉妹は途中で気味悪くなって飼育を放棄してしまうのではないか？）私は心配になった。が、それは杞憂《きゆう》だった。二人は嬉々として幼虫の世話を続け、一緒にウマノスズクサの葉を採りにも行ってくれたのだ。やがて、幼虫はさなぎから成虫へと劇的変身を遂げ、私たちは共に感動を味わうことができたのである。

時が経ち、その姉妹はいつの間にか「女の子」から「お嬢さん」になった。つまり、彼女たちも見事な変身を遂げたという訳だ。今も散歩の時に出会うと、以前と変わらぬ笑顔で挨拶してくれる。その度に、私はジャコウアゲハの舞う姿と仄かな香りを思い出すのである。そして笑顔で痛感するのだ。（なるほど、自分が歳をとった訳だ……）

そう言えば、連れの犬も二代目だった。

（56歳　自営業　埼玉県）

水仙の香りの中で

永冨 ゆかり

長男から「結婚」の話があったものの、人ごとの様に聞き流してから一年も経たないうちに「花婿」の母になってしまいました。

式当日の私は頭と身体が別々の物の様で、何も考える事も無く、淡々とただ係の方の指示に従っているだけでした。披露宴の会場に移動し席に着くとやっと現実に戻り、夫達とたわいない会話をしているうちに「新郎、新婦の入場です」のアナウンスがあり、拍手の中「コールドプレイ」の「美しき生命」のメロディーに包まれた二人が扉の前に立っていました。

仮死状態で産まれた息子は、産声も上げず私は胸に抱く事も出来ず、そのまま保育器の中で数週間を過ごす事になったのです。

小学校へ入学した頃、夫から「後遺症が出るかも知れませんが、五歳までに発症しなければ大丈夫だと思います」と告げられていた事を知りました。今まで何も知らなかった私は、一人で不安を抱えていた夫の事を思うと胸の詰まる思いでした。そんな息子は最高の笑顔で人生最大のステージに立っていました。

出産後二ヵ月程で仕事に復帰した私は、子育てのほとんどを実家の両親に委ねていました。保育園の入園式で私の手を「ギュッ」と握り、なかなか離れようとしませんでした。その後数日間は毎日泣いていた事が思い出されます。そんな息子も大学生になり、就職し親元を離れ、今度は私が数日間泣いて暮らし、そして十年余りの間にしっかり大人になっていたのです。そう思うと感無量でした。

「両家のお母様に花束を贈呈していただきます」の声に顔を上げると、お嫁さんから手渡されようとしていたのは「水仙」で作られた花束でした。

「お母さんの一番好きな花と聞いて」

と一言。Vサインをしている息子を見ながら受け取ると、その香りはむせかえる程に深くせつなく胸の奥まで届いてきました。その香りの中、しっかり握りしめていたあの幼い日の息子の手をそっと離したのでした。

（54歳　主婦　高知県）

見えた香り

梅田 ミキ

声をかけても反応はなく、眼は開いているものの、その視線が合うことはない。

その患者さんは年配の女性で、二年前に脳梗塞で倒れてから病院のベッド上で寝たきり状態だった。また、気管切開を施しており、そこから痰が頻繁に出てくる。当時、看護学生だった私はそこに当てるガーゼと、アルコール綿の補充をしていた。

「お早うございます」

少し緊張して私は挨拶をした。毎朝面会に訪れるその患者さんの旦那さんが、ベッドの傍に立っていた。

「お早う。今日はガーゼが綺麗だ。いつもこうだといいが」

そう言うと、私の方に顔を向けて
「学生さん、ちょっと見てごらん。私が話かけるといつも動かす。ここの看護婦さん達は信じないようだがな。ちゃんと分かっている」

そして、患者さんの手をそっと握った。

その時、微かにだけど確かに指先が旦那さんの手を握ろうとしているように動いた。

「本当ですね」

思わず少し声高に言うと、少し微笑みながら旦那さんは、カバンからミカンを一個取り出し、奥さんの手の中に入れた。

「ほら初物だよ」

ミカンの皮を剝くと、患者さんの顔に近づけた。

病室は常に消毒薬の臭いで充満している。その臭いの中、ふわりとミカンの甘酸っぱい香りが漂った。

「また来るよ。学生さん、頼みます」

そして病室を後にした。

旦那さんが去った後、患者さんはまるで匂いを見ているかのように、一生懸命に目を動かしていた。そんな様子は初めて見る。指先もわずかに動いている。

広がったミカンの香りと共に旦那さんの優しさが、患者さんを包んでいる気がした。


（36歳　主婦　福岡県）

「なぁんででしょ?」

ゆっこ姉ちゃん

「なぁんででしょ?」

二歳をすぎた甥っ子の流行のくちぐせだ。

「そんな言い方、誰かしてたっけ? お父さんもお母さんも、言わないよねぇ……?」

しばらくの間、彼がどこで誰から聞いて覚えた言い方なのか謎だった。

「お花がさいてるよ! なぁんででしょ?」

「ミミズさん、一生懸命動いてるねぇ。なぁんででしょ?」

独特の言い回しと、子どもらしいもどかしい言い方が何ともいえず可愛らしい。この年代の子どもは、色々な事に興味を持ち始め、ものすごい勢いで物事を覚えて吸収していく。毎日毎日尽きることなく『なんでなんで?』を繰り返す。大人は、この疑問に答えようとするのだが、どんなに言葉で説明しても、彼らの納得はなかなか得られない。だんだんとおっくうになり「何でだろうねぇ」と気のない返事をするようになってしまうのだ。

「そういえば、うちの子の『なんででしょう?』、どこからきたかわかったよ! 絵本を読んでいたら出てきたの。それを覚えていたみたいね! 子どもってすごいね、何でも吸収するんだわ!」

と、姉。

その横で、甥っ子の「なぁんででしょ?」は、休む事を知らない……。

「みんな傘さしてるね、なぁんででしょ?」

「お空からぽつんぽつんって落ちてきたねぇ、なぁんででしょ?」

「あっ、かたつむりさんもいるねぇ、なぁんででしょ?」

「……」

ふと、彼の言葉が止まった。振り向くと、立ち止まって目を閉じている。

「どうしたの?」

「……」

彼は小さな体いっぱいに息を吸い込むと、嬉しそうな顔をして、こう叫んだ。

「雨さんだ! 雨さんのにおいがする!!!」

彼の『なぁんででしょ?』の疑問が、一気に解決をした。どんな言葉も敵わなかったのに。雨のにおいが一瞬にして、彼の頭の中のからまった糸を解いたのだ! 子どもってすばらしい!


(29歳 主婦 北海道)

世代も時代も超えて
つながりたい香りの世界

ひと頃、ジェネレーションギャップという言葉がいわれました。
特に二十世紀の後半は、ロック音楽などサブカルチャーの台頭が、
若い世代の対抗文化（カウンターカルチャー）として勢いを見せたので、
新世代と旧世代は当然のようにギャップをぶつけ合いました。それに比べれば、
二十一世紀の現在は音楽シーンひとつとっても、旧世代アーティストの原曲をリスペクトして、
カバーやリミックスなどバージョンを洗練させるスタイルが浸透しているように思えます。
香りの世界を代々身近に受け継いできた畑正高実行委員長は、作品集『かおり風景』で
「久蔵不朽《きゅうぞうふきゅう》」という室町時代から伝わる言葉を紹介しています。それは
「長い時間、蔵で保管しておいても朽ちることは無く、いつでも同じ香りを醸し出すものとされる」
という香木にまつわる教えです。今、人々が憧れる、世代も時代も超えてつながりたい世界は、
久蔵不朽の香木の力でなら再現できるかもしれない。そう思わせる、不思議な説得力を感じた体験について
香木を炷《た》く機会に懐かしい方々と向き合った、貴重な時間の中に見出しています。

2012

第28回［香・大賞］入賞作品

二〇一二年募集・二〇一三年発表

アカシア並木

中村 隆宏
73歳　無職　広島県

「ちょっと……胸の傷、隠れる……?」

と妻はお気に入りのセーターを着ながら、大きな声で叫ぶ。妻の好みは、若い時から胸元が大きく覗くセーターが多く、それが良く似合った。しかし、そのセーターは二十センチを超える太く長い胸元の傷跡をつつみ隠してくれない。

「やっぱりダメね……」

鏡の中の目線が私を見て笑った。手術前の愛用のセーター類はお蔵入りになった。

四月二十九日、早熟アカシアは白い小球状の花をブドウのふさのように付け、その周辺に淡く優しい香りを漂わせていた。

二人で歩くアカシア並木、しばらくすると汗がにじんだ。彼女はスカーフを外して私の方へ差し出し、持ってくれと目で合図をする。

手にしたスカーフはかすかに湿気をおびている。私はスカーフを自分の首に巻いてみた。そのときアカシアの淡い香りが匂ってきた。

「わたし、こんなに長生きするとは思ってもみなかった」

妻がひとりごとのように呟いた。妻が心臓手術をしたのは二十四年前、今年七十二歳である。

手術前の妻は、ゆるやかな坂の上にある自宅までの歩行は三百メートルが限界、そこで休憩を入れないと先へ進めない状態だった。つとめて明るく振る舞う妻も、小高い場所の自宅に向かう表情は、苦痛で顔が歪んでいた。しかし、今はドクターに恵まれたこと、妻自身の不断の努力が天の配剤に浴して散策を楽しめるまでに成った。

五月五日、曲がりくねった路上は、クリーム色と化したアカシアの花びらで覆われ、吹きだまりに足を踏み入れると、さくさくと乾いた音がやわらかく足もとで鳴る。

「海外旅行に行ってもいい？」

妻が事も無げに言う。

「何処へ？」

「ヨーロッパに……」

これには驚いた。妻は常々「飛行機には絶対、乗らない」と宣言していた。彼女のがんばりがここまで気持ちの変化をもたらした。

妻の足が動き、自分の眼で見られる時を逃すことはない。

旅行の準備をする妻の表情は、次第に大きくなる鞄のように何とも楽しそうだ。

刻めないエプロン

後藤 昇
51歳 自営業 秋田県

「せんせい、これ、ける」

「食べて」

遠足の日の昼食は、担任冥利に尽きる。ファンに囲まれた人気スター並みだ。純朴な一年生の小さな可愛い手に黴菌《ばいきん》がついているとは考えたくないが、ついさっきまで砂遊びした手、鼻をほじった手、カナヘビを摑んだ手に載せられたお握りや卵焼きや油ぎっちょの鶏からあげを食べる勇気は、俺にはない。すまない。甲斐性ナシだ。

「先生はいいから、自分で食べような。いっぱい食べてもっともっと大きくなるように」

自ら希望した一年生担当だった。超吸収力スポンジのように教えたことを貯め込む素直さ。膝や背中を奪い合う無邪気さ。六年生担任が続いて疲れていた俺にとって、初めての一年生は栄養ドリンクだった。においをのぞいては。

油粘土と埃とおしっこが混じったような、保育園と病院をたして二で割ったようなにおい。粉ミルクくさい赤ん坊とはまた違う、独特の子ども臭とでもいおうか。女の先生たちは偉大だ。流行の服を触られて汚されても気にしない。俺は出勤するとジャージに着替え、エプロンを付ける。同僚には「気合充分だな」と冷やかされるが、実は防御の為だ。

純毛のスーツに子ども臭がついてはたまらない。木綿ならすぐに洗えるから、いくらでも子供らを抱っこできる。

「せんせいのエプロン、いいにおぉい」

多めに入れた柔軟剤のお陰で、給食のおかずをべっちょりつけた口ですりすりされる。

ああ、懐かしい。退職してからもう五年も経ったんだ。親父が年金注ぎ込んで細々と守ってきた山奥の温泉。それだけでは足りなくて、俺の給与からも灯油代を支援してきたものの、潔く継ぐ決心をしたのだった。

そうじに使う襤褸《ぼろき》切れにしようと、古着の箱を開けたら、あの油粘土の匂いが染みたエプロンが出てきた。女々しいな、俺。これは刻むのやめよう。教え子の匂いは刻めない。

味噌汁の味

佐藤博
66歳　無職　埼玉県

携帯が「朝だ・朝だ」と鳴り響く。同時に台所から何かを切るまな板の音も聞こえる。

「博さん、朝ご飯ができましたよ」

と義母の声がする。返事をするまで義母の「博さん、朝ご飯ができましたよ」の声が続く。

義母の作る朝飯はご飯、味噌汁、漬物、冷奴、生卵、牛乳。テーブルに綺麗に並ぶ。

「いただきます」

私はまず牛乳を飲む。義母は味噌汁をすする。いつもだと決まって「博さん、今日は何曜日ですか」

と、聞かれる。

義母は今年、八十八歳。近頃、痴呆の症状が出ている。しかし、今朝《けさ》は曜日を聞かず
「博さん。今日のお味噌汁の味は違いますね」

と聞いてきた。

「わかりますか。今日の味噌はまさ子の作ったお味噌ですよ」

「まさ子の作ったお味噌がまだありましたか」

「きのうで私の作ったのがなくなりました。まさ子の作った最後の味噌を出しました」

まさ子は妻の名で義母の一人娘。平成二十一年八月、還暦を迎える二月《ふたつき》前に亡くなりました。妻は市の手話通訳士でした。

「まさ子が作ったお味噌ですか」

義母はそう言ってまた味噌汁をすすった。

「五年味噌です」

「美味しいですね」

朝食の支度、庭の掃除、洗濯、神棚のお榊《さかき》の水交換。これが義母の日課。

しばらく無言が流れた。そして
「博さん、今日のお味噌汁の味は少し違いますね」

「わかりますか。今日のお味噌はまさ子が作ったお味噌ですよ」

「まさ子の作ったお味噌がまだありましたか。――博さん、今日は何曜日ですか」

いつもと同じ静かな義母との一日が始まった。

あたり前のにおい

吉田まんじ
42歳　会社員　東京都

「今日は来てくれてありがとう」

客を送り出した私は、電車の時間を気にした。

田舎の両親に預けた娘と会うのは三ヶ月に一度。このサイクルが六年続いている。

年金暮らしの両親には事業の失敗で抱えた借金がある。年金をそっくり返済に充《あ》てているので、生活はわたしが支える。今稼げる私が稼ぐ。代わりに両親が娘の面倒をみる。いつのまにかそれが我が家の役割になっている。

「ママ、運動会二位だったよ」

三ヶ月ぶりに会った娘は嬉しそうに報告する。

「すごいね。きっともうママより速いね」

そう笑顔で返しながら、心苦しさで胸がいっぱいになった。

ごめんね、本当は見てほしかったよね。

娘が私に会うことを待ち遠しく指折り数えているのは知っている。店が忙しいから、ママはきっと出席できないから、遠足も、授業参観も来てほしいのに、ぜんぶ我慢させてしまっているのだ……まだ八歳なのに。

子供のために店やめたら？と言えるのは経済的にも心にも余裕のある人々だと思う。そんなの私は毎日葛藤《かっとう》している。

「ママ、絵本読んで」

今日は寝息が聞こえるまで読んであげよう。背中もとんとんしながら赤ちゃんのように。

「スースースー」

あらあら半分も読み終わらないのに、天使の寝顔。幸せを感じる時間。そうだ、私はこの寝顔のために頑張れる。

朝。もう、朝。昼には出発しないといけない。そういえば起きてから娘が見当たらない。どうしたのだろうと、なんとなく二階の布団の部屋に戻ってみた。

そこには私がついさっきまで寝ていた布団に潜り込んでいる娘がいた。恥ずかしそうに顔をちょこんと出す。普段の娘を見た気がした。ママのにおいだけで数ヶ月耐えている姿を。普通の環境ならあたり前のにおいなのに……。わたしは宝物を強く抱きしめた。

楠木《くすのき》

土居 義彦
66歳 無職 愛媛県

ひぐらしが鳴く頃、近くの小学校の正門にそびえる楠木を切るという話を小耳にはさみました。慌てて学校に電話すると台風で傷《いた》んだ枝を落とすだけというのでホッとしました。三人の息子を見守ってくれた楠木は学校のシンボルです。思い出の深い大木なのです。

当日学校をのぞくと、クレーン車からヘルメット男が枝を切っています。腕くらいの枝が落ちると、下のヘルメット男が手際よく集めています。その男に声を掛けました。

「よかったら、その枝一つくださいや」

ヘルメット男は怪訝《けげん》な目で言いました。

「こがいな枝、どうしなさるんで?」

「いや、思い出があるけん、木彫りでも」

男はふーんと首をかしげながら、手のひらにのる大きさに小さく切ってくれました。

十個ほど抱えて家に帰ると、二階のベランダで樹皮をはぎました。それを鼻につけるとプーンといい匂いがします。楠木は樟脳の原料になることを聞いた覚えがありました。

それから三月《みつき》ばかり経《た》ちました。干していた楠木も黄土色になり乾いたようです。手に取ると少し軽くなっています。鼻につけるとあの香りが消えているのです。がっかりしましたが机の上に並べ、これで何を彫ろうかと考えていました。そこへひょっこり妻が顔を出し、ひと言《こと》いって、すぐに去りました。

「何、それ。部屋を汚さんといてね」

知らんぷりして思案していたらひらめきました。来年の干支「蛇」です。早速電動糸鋸《のこ》を出し、楠木を刃に当てるとジャーンと一瞬で二つになったその時です。あの香りが目まいがするほど部屋に立ち込めました。落胆していたのも束の間。新しい切口から香りが噴き出したのです。小さく切られても楠木はプライドを捨てないようです。プンプンする香りがもったいなくて、こっそりたんすの隅に切れ端をいっぱい忍ばせておきました。

つぎの日、たんすの前で妻が叫びました。

「どして？　私の服に木くずがついて」

灯心草《とうしんそう》に

高橋 昌子
22歳 大学院生 山口県

夕方、面接から帰ってきたばかりのところに、山口のばあちゃんから、ちいさな荷物が届いた。封を開けると、つうんとあおい畳のような香り。出てきたのは、イ草で編んだ靴の中敷き二枚。添えられた手紙には、ふるえるマジックペンの文字で「元気ですか。夏休み帰ってこれんで残念じゃったね。毎日就職のために一日中歩き回っているんだってかあちゃんに聞きました。ばあちゃんは、なんにもしてあげられんから、せめて靴の中にこの灯心草を」と記されてあった。

灯心草ってなんだろうな？　玄関先に座り込み、意味を調べてみた。

――イ草の別名で、江戸時代灯明の芯として利用されたことからこの名前がついた。クロロフィルが多く含まれており、防臭・抗菌・森林浴効果がある――

へぇ、それじゃ、靴の臭い取りに丁度いいって訳ね、と今脱いだばかりのパンプスの中に滑り込ませてみた。ぴたりとサイズが合っている。ばあちゃんどうして、私の靴底の大きさがわかったのかな？

その時携帯が鳴った。母親からだった。

「ばあちゃんからの、もう着いた？」

母親との会話で、春休みに家に履いて帰ったブーツの底のサイズで型紙を取ったらしいことがわかった。あんなきったない履きつぶしたブーツの底で一生懸命大きさを測るばあちゃんのまあるい背中が浮かんで、不覚にも涙が出そうになった。

「ばあちゃん、その中敷きを編みながら『まさこはいつのまにか大きくなった。こんまい足をしちょったのになぁ』って言いよったよ」

そっと、灯心草を敷いたパンプスで立ってみた。足裏から青草の清々しい香りが立ち上ってきた。前を向いた。スーツの裾をきゅっと引っ張り背筋を伸ばしてみた。足元から〈心に希望を灯せ〉と励まされている気がした。

ありがとう、おばあちゃん。頑張れ、私。

最後に食べた気配飯《けはいめし》

岡本 淳子
53歳 主婦 大阪府

京都府の外れ、山中の田舎に住む祖母は、九十歳を過ぎてから、一日中自宅のベッドで過ごしていた。その祖母、ふみばあちゃんが急に「かしわ飯が食べたい」といった。

ふみばあちゃんのいうかしわ飯とは、鶏肉が入った炊き込みご飯なのだが、胃の具合が悪く歯が残っていないばあちゃんが食べられるのは、炊き込みご飯の中でもご飯の部分だけだ。それも、少しお湯を足しておかゆのようにして食べる。

「こりゃ、気配飯やな」

具の入っていない醬油味のおかゆを、一匙《さじ》ずつ食べながら話すふみばあちゃんを見て思い出した。

何事にも節約を旨として生活していた大正生まれのふみばあちゃんは、正月過ぎに持ち回りで行われる村の新年会の時にかしわ飯を炊いた。大釜のかしわ飯が炊き上がると、釜の上に集まった具と御飯を半分ほどおひつに移す。おひつに入ったかしわ飯を来客用にすると、釜の底に残った醬油味の御飯を家族の夕食にする。

「醬油御飯のおこげは美味《うま》いなあ。御飯はようけいっぺんに炊くと美味いからな」

ふみばあちゃんは、ことさら美味いを連発しておかずがないことをごまかし、子供たちを納得させるのだ。

確かに、ごぼうのにおいも人参の香りも鶏肉のうまみもあるのだが実態がない。気配しかないから「気配飯」。他では聞いたことがないから、きっとばあちゃんの創作だ。

結局、ふみばあちゃんがしっかりと食事を取ったのはその気配飯が最後になったが、懐かしそうに一匙ずつ食べていた姿が、子や孫に温かな幸せを残してくれた。

私も子育てが終わり、ふみばあちゃんが気配飯を炊いていた頃より年上になった。ばあちゃんの法事にかしわ飯を炊いた。

天使たちの香り

田樹子
35歳　主婦　大阪府

「ああ、ホッとしたい。癒されたい」

世間から閉ざされた空間で、赤子と一対一。四六時中グチャグチャにされた食べ物やティッシュを片したり、ひたすら抱っこしてあやしたり……。

見たいテレビも見れず、音楽は童謡ばかり。柔らかい赤子の身体に、刺激の強い音楽やテレビは可哀想、などと当時新米ママだった私は勝手に決めこんでいた。それならば、香りだけでも愉《たの》しもう。ラベンダーの精油をハンカチに浸みこませ、クンクン嗅いでいた。

その後二人、三人と続けて生み、ラベンダーがウンチとおしっこの匂いに負けてしまった。精油の瓶が子供に投げられた末に部屋のどこに転がっていったかなんて、他所の家の出来事かのようにどうでもよくなる。

子供達が少し大きくなると、彼らはいかにして自分を輝かせるかに懸命になり始め、野球のユニフォームの汗臭さが洗濯場を占領するようになった。真っ黒い靴下をゴシゴシこすっていると、無益の奉公人に思えて、なんて私は可哀想、などと本気で泣いた。

下の子の育児に少し余裕ができると、また香りに手が伸びる。ミントの香り爽やかなマッサージオイルやローズマリーの塗り香水に心浮きたち、ハーブ入り芳香剤で散らかった部屋の空気が浄化された様に清々しく感じた。

しかし性懲《しょうこ》りも無く、四人目を妊娠。

僧になる気持ちで育児を受け入れよう……と諦めに似た境地で出産するが、一転。芳しい新生児のあの香りが五年ぶりに私を包んでくれた。皆うっとりと赤ちゃんの寝顔の周りにあつまる毎日。小四の大きい長男もデーンと押し入り、五人で昼寝してしまう日々。

どんなハーブにもかなうまい。同じ種族である人間、赤ちゃんの温かい体が放つ究極の癒しの香り。私は四回も小さな天使のこの香りを、ピッタリ隣りで味わわせて頂いたのだ。

奉公しがいがある事が、ようやく分かった。

なんと幸せものであろうか。

緑色の香り

岡本 萌希
21歳 学生 神奈川県

九月の半ば、友達と吉祥寺のカフェに行く約束をした。十三時駅集合。まだ暑い休日、青のワンピースで足取り軽く家を出た。

吉祥寺《きちじょうじ》駅井《い》の頭《がしら》線の時計は、十二時五十分を示していた。もう十分も前に着いていた私は、今朝念入りに梳かした前髪を撫でつけながら立っていた。その時携帯電話が唸った。

「ごめん、彼氏が急に熱をだしたの。悪いけれど、今日は行けない」

吉祥寺駅が先程より二段階色褪《あ》せた気がした。しょうがない、と口のなかでつぶやく。どうしよう、と今度は心の中でつぶやいた。

晴れていたのが良かった。そこまで気分は曇らず、一人だけどお弁当でも買って井の頭公園に行こう、と思い立ったときは、町も再び色づいた。パンプスのかかとで残暑のじっとりした空気を踏んで歩いた。

井の頭公園の木陰は涼しく、お弁当のからあげはおいしかった。満たされた気持ちで、池のアヒルボートを視界には入れたが、まったく意識の外だった。

その時、一気に来た。スコールのような雨が私の頬を叩いた。鞄を引っつかみ、一番近い屋根のある場所へと走った。

肩で息をしながら、木製の屋根があるだけの質素な場所に私は落ち着いた。青のワンピースは、紺に色を変えていた。

ふう、と一息つき、顔をあげた。

濃いにおいがした。雨に濡れてゆっくりと色を変える木々、そのさまは鳥肌が立つほど官能的だった。水で膨らんだ深い緑は、白い霞をベールのように上品にまとい、芳しく、濃いにおいを発していた。

胸いっぱいに吸い込んだ。濃厚な、緑の、自然のにおいに私は圧倒された。おでこにぴったり貼りつく前髪に、もうなんの感情も持てなかった。私の肺に閉じ込めきれないその濃いにおいは、私ごとあたり一帯をつつみ、動かした。目を閉じて、深くもう一度吸い込んだ。生命力、その一言に尽きた。

氷砂糖入りのお湯

HUI HUI
24歳　学生　東京都

異郷の空を見上げながら、氷砂糖入りのお湯を飲んだとき、その香りは八年前の出来事を昨日のことのように鮮明に呼び起こした。

休み時間が始まった。みんなと教室の中でしゃべっていた。きっかけは忘れたが、誰かのお母さんの仕事の話になって
「Aさんのお母さんはやっぱりすごい、大学の先生でしょう」

「Bさんのお母さんもすごい、大手企業に勤めている」

「あたしのお母さんはお医者さんだ」

みんなが口々に言い始めた。

そのうち誰かが
「けいけいのお母さんは?」

と聞いた。

「お母さんは野菜を売っている」

と言うと、みんなが
「え!? 露天で野菜を売っているの?」
と言った。
「そうだよ」
とたんにみんなが笑い出した。みんなが私を馬鹿にしているようで悔しかった。だんだんそこにいるのが恥ずかしくなってしまった。
家に帰ると、母は生活費を節約するためにいつも通りに氷砂糖入りのお湯を私の目の前に出して
「外は寒いでしょう、温かいジュースを飲みなさい」
と言った。私は
「いらない。おかあさんは何でちゃんと職場がないの。ちゃんとした学校に行っていればよかったのに……」
と言ってしまった。いつもの母は「何言ってんの!」などと言い返してくるので、その時の母は珍しく悲しそうな顔をして
「お母さんは貧乏な家に生まれて、中学を出たら働いたんだけど、それは恥ずかしいことなのかな」
と言った。いつも強気な母が目に涙を浮かべているのを見た。
翌日、綿のような雪が降った。母は朝早く起きてご飯の支度や洗濯をしてからすぐ市場に出かけた。雨の日も風の日も雪の日も、毎日毎日大きな重い風呂敷き包みをしょって母は雪だるまのようになり

ながら、吹雪の中を懸命に歩いていた。

お湯の甘い香りを嗅ぐと、母のことを恥ずかしいなんて思った自分が本当に情けなくなった。母に「ごめん」と一言だけ言ったが本当はもっともっと謝りたかった。

久しぶりに飲んだキラキラ輝く氷砂糖入りのお湯の甘い香りが、あの日を思い出させた。

私の夢と香り

佐藤 莉衣
14歳 中学生 神奈川県

私はまだ中学一年生の十三歳です。だから大人よりも夢があるし、その分不安もあることは確かなこと。私の将来の夢は大学で経済学について学び、公認会計士や税理士などのお金や経済に関わる職業に就くことだ。それはお金というものに大変興味があり、身近に存在するものだからです。

だから私は少しでもお金を使わないように日々努力をしている。そのおかげか、お小遣いをもらわなくてもお年玉という名の新年最初のボーナスだけで十数万円の貯金をし、金欠の姉に利息を付けて貸し出してもうけをだしているほどだ。

そんな私でもたまにはお金を使わないとこの日本の不景気は低迷する一方だと思い、スイーツを買うことがある。そのスイーツは駅前にあるお店の看板商品で、いつも焼きたてのスイートポテトのいい香りを漂わせている。私は学校帰りの疲れた心身にその香りを浴びせると、つい財布の紐が緩くなって

「たまにはいいか」

と言い聞かせ、美味しく頬張ってしまう。でもこういうことがあると私は貯金をしていてよかったなと思えることができ、今度は何を食べようかと想像することもできる。

逆にいうと、その駅前のお店が焼きたてのスイートポテトの香りを漂わせていないと、私は貯金のよさを感じることができないことになる。つまりスイートポテトの香りが私を幸せにしてくれるのと同時に夢を叶えるための一歩ともなっているのだ。

そんな私にとっての「香り」とは人を幸せにしてくれるものだと思っている。お金の事だけでなく、疲れた時に香りのいい石鹸や洗顔を使うと心身ともにリラックスすることができる。

しかし、香りにつられてお金を使いすぎてもいけないので、適度にお金を使いつつ将来の夢に向かって「香りと上手に付き合っていくこと」が大切だと私は思っている。

スープ

瀬戸　あかね

あれは遠い夏のことです。

田舎の小さな街で、母は食堂をやっていました。陸軍師団があったので、まぁ繁盛していたものの、戦争末期にはもうお手上げ。食料が消え、売る料理が消え、客も消えました。

「これではあかん。生きていけんわ」

母は、知り合いの農家を駈けまわり、鶏ガラや残り物の野菜を分けてもらって、スープを作ったのです。店の前には立て看板。

『スープあります！』

次の日。どどど……と軍靴が響きわたって、三十人以上の兵士が店内に雪崩《なだ》れこんできたのです。ええッ、何ごとが！看板のせいと分かるまで時間がかかりました。

「全員分を願います。代金はここに」

母と私は、皿が足りるかを心配しながら、とにかく厨房でありったけのスープを多めに盛りつけ、夢中で配り続けたのです。

「全員食事せよ」

小隊長の号令がでると、立ったままの食事はあっという間に終わりです。スープを一気に飲みほした全員は、口々に
「ご馳走さん！」

「ありがとう！」

と大粒の汗を浮かべたまま、また、砂嵐のように外へ駈けだして行きました。

静かになった店内には、空のスープ皿がいっぱい。鶏ガラや大根、人参、きざみネギの匂いが微《かす》かに漂っていました。スープの主役、濃密な肉やバターの香りはかけらもない。

敗戦を予感しながらも猛訓練に励む兵士、部下の空腹を案じて食堂へ行進変更を命じた小隊長……。立派な方たちに相応《ふさわ》しいスープでなかったことが、いまでも心残りです。

最近のスーパーには新鮮な野菜や果物、魚などの食材がてんこ盛り。でも牛肉の陳列棚の前では、おかしなことに脚が止まります。次はあのスープに、目の前の分厚いサイコロ肉をたっぷりお入れしよう。濃いお肉の香りが届きますように。どうか届きますように。


（83歳　広島県）

山の贈りもの

高田 桂子

今年も、クリスマスの飾りつけが整った。

サンタさんを今でも信じている、と公言してはばからない私に、友人たちは、オーナメントや壁飾りを折々に持ってくる。もう家では飾らなくなったからと、昔のグッズなども置いていく。増えつづける品々を余さず飾るために私は頭をひねる。それでも何とか格好はついて、イブの一品持ち寄りパーティーは大いに盛り上がる。

プレゼントを買い忘れて走りまわった失敗談や、子どもから思いがけずも手作りの折り紙細工をもらった年の話など、それぞれが毎度同じ話をしながら、まるではじめて聞いたように頷き合う。こんな女性四人の集まりが、もう長い間つづいている。

私の語りは、相も変わらぬ樅《もみ》の木の話。

幼いころ、私の育った家では、本物の樅の木を植木屋さんから届けてもらっていた。山から掘り出されたばかりの木は、暖かい部屋に運びこまれたとたん、シューシューと冷気を放ち、青っぽい匂いをどっと吐きだした。むせながら、山の香りを胸いっぱいに吸いこんだ瞬間に、私のクリスマスは始まる。

天井に届くほど高い樅の木の下で「マッチ売りの少女」になりきり、自分だけのクリスマス物語の創作に夢中になった。でも、誰にも気づかれることなく秘密のままに終ったの、と、私はひそひそ声で話を締めくくる。

夜が更けて、友人たちは、いつもながらのセリフを残して、わが家を後にする。

「今年こそサンタさんが来るといいわね」

私も、いつもと同じ答えを心の中で返す。

――今年も来てくれたじゃないの！

彼女たちは気がついていないのだ。誰も欠けることなく一緒にイブを過ごして、もう四半世紀にもなることに。これこそ、毎年もたらされるサンタさんのプレゼントだと、私は、ひとりきりの秘密にわくわくした子ども時代に立ち戻る。こんな時、山の香りを嗅いだように思うのだった。

（67歳　児童文学作家　東京都）

雨の日の香り

誉川　昭

改札を出ると、雨は本降りになっていた。これではずぶ濡れだな〜。傘をもってきていなかった。

ふと、ロータリーへの通路に目をやると「貸傘」の張り紙が見えた。その下には大きなポリ容器。色とりどりの傘が二十本ほど立てられている。

――○○ちゃん、支援の会――

少女の心臓病手術の費用を募金していた町のボランテア団体である。メッセージが達筆な毛筆で添えられていた。

〝皆様のおかげで○○の手術は無事成功いたしました。何も御礼はできませんが雨で困った方は自由にお使いください。両親〟

正直に言えば、彼らのことは忘れていた。

目立たないようにくすんだ灰色の傘を選んだ。募金箱に目もくれなかった自分に負い目があったのかも知れない。

商店街へ足を向け、傘を開いたとき、かすかな花の香りがした。傘の骨の上部に小さなにおい袋が括《くく》られていた。

ラベルには〝スズラン（鈴蘭）…花言葉は『幸福の訪れ』〟。すべての置き傘に、におい袋が括られているのだろうか？

確かめたい衝動を抑え、わたしはあたりに充満する小さな幸せを満喫することにした。思えば、最近、不運が続いていた。甘酸っぱい香りが、雨の飛沫に混ざった。

それまでは無機質に思えた募金箱の向こうに、初めて温かい人間の姿が浮かんだ。とてもシンプルなことだった。

「募金」や「支援」というと、すごいことのように聞こえるけれど、要は「困った人に、ほんの少し手を差し伸べる」ことなのだ、と気づかされた。

意識すると、募金箱はどこにでもあった。駅の構内、ヘアサロン、スーパーのレジ脇……。

その日以来、雨の日には釣り銭を募金するのがわたしの決め事になった。雨の音の中、甘酸っぱいスズランの香りが蘇るのである。

（60歳　会社員　東京都）

これからもずっと

渡辺 勝

穏やかな秋の日の昼下がり。大きな窓から柔らかな光が差し込んでいる。少し開いたそこから、金木犀の甘酸っぱい香りが漂ってくる。ツピーツピー。名も知らぬ野鳥のさえずりが耳に心地よい。

私は、特別養護老人ホーム「いこいの家」に来ている。八十五歳の認知症の母親に会うために。

皺だらけの柔らかい薄い手を軽く握り、母親に向かって歌いだす。

♪静かな静かな里の秋～
　お背戸に木の実の落ちる夜は～

つられて彼女も歌いだす。歌なんてほとんど忘れてしまったが、不思議と〝里の秋〟だけは覚えている。

「背戸って何？」

いつものように尋ねる。

「裏のこと」

その返事に、今回もほっとする。背戸が、まだ理解できる、と。

いつものように堰《せき》を切ったように喋り始める。

「背戸の川で洗ったまさるのおしめをこたつの中に入れたら、そんなもの入れたら臭くてしょうがない。とお父さんに叱られたから、じゃあ、やめますよ。だから、饅頭くれと言ったら、馬鹿っ、饅頭なんかないと言うから、じゃあ、いいですよ。帰ります。と言って、家を出て歩いていたら……」

これは、背戸という言葉を聞いて、突如蘇ってきた彼女の思い出だ。だが、そこにはさまざまな記憶がごちゃまぜになっている。だから、このように支離滅裂なのだ。ちなみにまさるは私、お父さんは祖父のこと。

♪あぁ母さんとただ二人～
　栗の実煮てますいろりばた～

話を遮るように再び歌いだす。すると、つられて一緒に歌いだす。その両目には、涙が浮かんでいる。久しぶりに息子に会えたうれし涙が。

少し開いた窓から、金木犀の甘酸っぱい香りが漂ってくる。母親と口ずさむ。ふたりのこんな時間が、これからもずっと続いてほしい。

（53歳　会社員　山梨県）

残香《ざんこう》

文月ゆうな

二十二歳のとき、私は大きな商家に嫁いできた。それまで田舎の素朴な暮らししか知らなかった私には、初めからとまどうことの連続で、いつも失敗しては叱られてばかりいた。

そんなある夜、食卓で、険しい表情の義父から言われたのだった。

「わしが気に入らんと思うたら、この家から出ていってもらうでな」

と。

うなだれて聞いていた。嫁いできてまだ一ヵ月、その理不尽な言葉と、もう両親のもとへ帰りたいという気持ちが心の中でぐるぐる渦を巻いて、今にもあふれてきそうな涙をがまんするのがやっとだった。

嫁いだ家では、月に一度、なじみのお寺さんが来て、読経と講話が営まれる。たまたまその日家の者が皆出払っていて、私とお寺さん、二人のお参りになったことがあった。

読経が始まった座敷には、お線香のやわらかな香りがたち込め、白いけむりが細い雲のように天井に昇っていく。見つめているうちに、なぜか涙がこみ上げてきた。

読経を終えて、こちらを向いたお寺さんに

「すいません、けむりが目にしみて」

と言うと、初老の住職さんはけむりの行くへに目をやり、ふっと表情をなごませて

「人の心もけむりと同じでな、あってないようなもんなんや。あると思えば、積もり積もっていやな臭いを出し、人や我が身を傷つけよる。けどな、ないと思って眺めると、自然に消えて、あとにええ香りだけが残るもんや」。

そしておだやかにほほ笑んで

「心を、ゴミ箱にしたらあかんよ」。

私の中にその言葉がしみとおっていった。

あれから二十年、厳しかった義父も、この世を旅立った。

亡くなる数ヵ月前のこと

「よう頑張ったな」

と、義父が突然言った。

「よう叱られたよねぇ」

と軽口を言う私。

うははは——と、病室にひびく笑い声。

過ぎてきた歳月が、洗い流されていった。

（51歳　大阪府）

三本の百日紅《さるすべり》

朝生 カイ

私の通った学校の校庭には、百日紅の木が三本並んで植えられていた。学び舎のちょうど真下に。

『女性が三人集まって姦《かしましい》』と書くように、その木立はなんだか賑やかそうに見える。一本だと寂しいし、二本だとなんだかちょっと不安になる。片方に何かがあった時にどうしよう、なんて余計なことを考える。三本だからいい。ワイワイと賑わっているように見えて、可笑《おか》しみを誘う。そんな木立の前で私たちは卒業してからもよく集っていた。あの日も夏の花火大会の帰りに、こっそりと、校門を飛び越えて忍び込んだ。

百日紅は、鮮やかなフリルのようなピンク色の花弁を付けていた。昼間なら、これまた鮮やかな黄色の花粉を目がけて虫たちが飛び交っているところだ。あまい、熟れた果実のような匂いがほんのりと香っていた。

「もう八月なんやね」

「うん」

私たちはココにはいない、卒業してすぐに病死した同級生のことを思って教室を見上げていた。

「わたしね、〇〇の分までこれからもっともっとキレイなもの見たり音楽聴いたり、色んな人と出会って生きていくんや」

「うん」

あれから、二十年の歳月が流れた。私たちは立派なおじさん、おばさんになり、自分の家庭を持ってからは時々しか会わなくなっていた。久しぶりに今年の夏、同級生が顔を合わせた。飲んだ帰りに、やっぱり学校に潜り込もうと誰かが言い出す。いつものように百日紅の木の前に立って教室を見上げると

「二十年が経ったんやね」

「うん」

あの頃と同じように、三本の木はフリフリの花をいっぱいに咲かせていた。

「私たちやっと折り返し地点ってとこやね」

「うん。もっともっと楽しまな!」

シンとした校庭で、甘くやさしい香りが私たちの鼻腔をくすぐっていた。

(42歳　会社員　香川県)

土の香《かおり》

亀田 雪路

たたみ三畳ほどの広さの畑が、祖母のオアシス。土は、ざらざら、ぼこぼこ、ふわふわ、どっしり。

畑には、祖母の背丈と同じ高さで野菜が育つ。えんどう豆、じゃが芋、茄子、胡瓜、大根、玉ねぎ、おくら。おくらは、夏に爽やかな黄色の花が咲く。この花は目を見張るほど美しい。腰を落とすと、春菊、紫蘇《しそ》、どくだみが目に入る。どくだみの葉の独特な香りは、じめじめした季節に涼しい空気を送ってくれる。見上げれば、柚子、金柑、柴の木、月桂樹が、ぐんと伸びている。畑仕事の合間に野菜の間から時々祖母が顔を出す。

花の名前は、ここで覚えた。山吹、アザミ、ジャスミン、撫子、小でまり、著莪《しゃが》、水仙。今は花を思い浮かべると、その香までイメージできる。

祖母の家の梅の木に花が咲いた時

「梅と桃の花は何が違う?」

と聞いたことがある。

「梅は花が小さい。桃は花が大きい」

さらっと答えた。大正生まれの祖母は、頑として新しいものを好まない。それでも時々

「私、ピーター(池畑慎之介)が好き」

とお茶目なことを言う。

四人姉妹の長女で現在九十一歳。一人が大病した時、一人が亡くなった時、畑が祖母を慰め、奮い立たせた。祖父が亡くなって三十年。一人で畑と家を守ってきた。祖母の手は小さくて、しわしわ。けれど触れるとあたたかく、力をくれる。小柄な祖母で、人混みに入るとほとんど目立たない。しかし、地に足をつけて生きてきた祖母の存在は、大きい。

雨が降った時は、土の香がどっしりと濃い。地面の底から、植物の生命力が湧き出ている感じがある。周りに咲いている花々の香が、凛と際立つ。重い土臭い香と花の甘い香が混ざり合い、懐かしい空気に包まれる。

芯が強くて、頑丈で、けれどどっしりあたたかい。畑の土は、祖母そのもの。

(34歳 家事手伝い 山口県)

新雪

菊

つい一週間前の話だ。夜九時くらいだったと思う。私は知人と饂飩《うどん》のチェーン店で麺をすすっていた。会話の合間、手《て》慰《なぐさ》みに弄《いじ》っていたスマートフォンを見ていて画面端のニュース欄で目が止まった。皆に画面が見える様に机上に乗せる。そして一言付け加えた。

「今日、ふたご座流星群の日だって」

夜のノリも相まって、後は話が早かった。

「見に行こう」

場所は、蔵王《ざおう》。金色の乗用車に、大の大人が期待の為か忙《せわ》しなく乗り込んだ。

ところが、しばらくすると晴れていた夜空が急に曇りだし、終いには真っ白な雪雲に覆われて夜空の欠片《かけら》すら見えなくなった。「ここまで来たのだから勿体《もったい》ない。目当ての場所に行っても曇っていたら諦めも付くだろう」と、そのまま目的地へ車を進めた。

一時間後。

私は蔵王の中腹で空を見上げていた。足下には新雪が柔らかく積もっている。空は移動の間に晴れていた。いつもは見えない細かな星まで見える。星座がどこにあるか分からないくらい、空一面が星だらけだった。

女は強いというか、図太いというか、諦めが良いというか。春うららに勝手に好きになって、秋の終わりにこれまた勝手に失恋した相手と、平然と夕飯を食べていた辺りは自分も大概女なのだと苦笑せずにはいられなかった。

冬山の凍った空気の匂いは、あまりにも鮮明過ぎる。雪の澄んだ香り。鼻から喉を通り過ぎて肺に吸い込まれて行く感覚さえも分かる程に、柔らかく痛い。

きっと今、私の肺には新雪の匂いが積もっているのだろう。だから苦しいのだ。だから、胸が少し痛いのだ。いっそ肺を埋める程積もればいい。肺の細胞は一度死滅したら再生しないらしいから、痛いと感じるのもこれきりだろう。

流星を見逃して悔しがる彼の息が、闇夜に白く凍って消えるのを涙まじりで笑った。

これから雪が香る度に今日を思い出すこともあるだろうけれど、さよなら、ありがとう、好きでした。

（28歳　事務職　山形県）

変わるものと変わらないもの
その間に感じる香り

東日本大震災から三年目の「香・大賞」の受賞作品には、震災をめぐる作品が三点選ばれました。
ふるさとの人々を奪われた癒えることのない思いも、
震災前のような日常を取り戻そうとあがく様子も、
香りが具体的な行動や生活の営みとともに表現されていることで、読み手には力強く伝わりました。
授賞式に宮城県から足を運ばれた田代廉二さん（92歳）と、荒田正信さん（60歳）は、
レセプションで東北伝統の鹿踊りの唄と踊りを披露されました。
被災地でボランティア活動をした人々から時々耳にする「こちらが元気をもらった」という言葉。
まさにその一時との遭遇でした。
二〇一三年は、新しい歌舞伎座が完成し、関東一円の主なテレビ放送の送信は東京タワーから
東京スカイツリーに移り、富士山は世界遺産になり、出雲大社の大遷宮と伊勢神宮の式年遷宮が行われました。
変わるものと変わらないものの間でさまざまな思いを抱いて生きている日本人。
その時々に感じた香りを言葉で表現することの大切さに気づかされます。

2013

第29回［香・大賞］入賞作品

二〇一三年募集・二〇一四年発表

思い想いのティータイム

安田 小波
38歳 アルバイト 千葉県

ティーインストラクターの資格を取って以来、日々誰かの為に美味しい紅茶を淹れる。それが私の仕事であり、喜びである。だが時折自分の為にゆっくりとお茶を淹れ、穏やかな時間を過ごしたくなる。そんな時は、決まってダージリンだ。

中学生の頃、斜め前の席の少年は畳屋の息子だった。彼はよく畳作りは格好悪いし古臭いと悪びれ、家業にあまり触れて欲しくない様子だった。ある日、頬杖をついて何気なく前を見ると、彼のシャツの肩口に何かついている。それは何回目を凝らして見てみても、間違いなくイ草だった。私はこれが周りに知れたら彼が傷付く。何故か彼を守らなくてはという思いに駆り立てられた。そして震える指先を必死に押さえ、小さなそれをつまみ上げた。「やった！」そう思った瞬間彼が急にくるりと振り向いた。私はとっさに

「か、肩のとこ、髪の毛ついてたから……」

と嘘をついた。彼は少し怪訝《けげん》そうな顔をしていたが

「……ありがとう」

そう言って照れたようにニッと笑った。初めてみる笑顔だった。掌でぎゅっと握り締めていた乾いた草は、指を解くと汗と混じり合ってほのかに若く青い香りがした。私はそれから彼の日焼けした細い首筋と白いシャツの襟元ばかりを眺めて過ごした。彼はいつも涼やかな香りをまとっているような気がした。

じっくり蒸らしたダージリンを口の広いカップに注ぐ。キラキラと輝く浅緑色のお茶の香りは、私にあの頃の恋とも言えない恋を思い起こさせる。少年とはその後特に親しくなる事もなく、私はただ彼の後ろ姿を見つめることしかできなかった。

あれから何十年も後に、彼が家業を継いだと聞いた。畳職人となり、一層強く清々しい香りを全身に誇らしくまとっているであろう青年を思うと、少女の頃の私の想いは、淡く儚《はかな》く紅茶の湯気に溶けていった。

母の香り

広瀬 史子
63歳 主婦 三重県

九十一歳の母との同居がある日突然始まった。気丈夫だった母に異変を感じたからだ。

大好きだったドライブに誘っても「寝ている方が楽」と言い、ベッドから起き上がるのもお義理のように見えた。それでも私が訪ねる日は、私の好きなほうじ茶を作り缶に詰めて待っていてくれた。玄関を開けてほうじ茶の香りがすると心からほっとした。

しかし母はどんどん小さくなっていった。我慢できず私はある日無理やり母を我家に連れてきた。日が経つにつれ母は遠慮がちに夫や娘の家族に「長々とお世話になって……」をくり返した。それでも少しずつ元気になり、離れのベッドから母家の洗面所まで歩くのが日課となった。ふと気がつくと、母の歩いた後は、六人分の履物がいつもきちんと揃えられている……。夫は、よろけるように歩く母がどのようにみんなの履物を揃えるのか不思議がった。私にも不思議だった。更にもう一つびっくりすることがおきた。三歳になる孫娘が、誰に言われたわけでもないのにみんなの履物を揃えはじめたのだ。

母の存在が、私と娘をとび越えて確実に孫に伝わっていると感じた。そういえば私も母が来てから母のように丁寧にお茶をいれるようになった。食事もしっかり出汁をとり、じっくり煮込み、あたたかい湯気が台所にたちこめるようになった。そう、湯気のにおいの台所だ。幼い頃の「お勝手」がなつかしく体中によみがえっている。勤めから帰った娘が「なんかいいにおい!」と言うようになった——。

母は母の香りをもっていた。本来香りのないはずのものにまで幼い頃の母の香りを感ずる。それはどれも母の生き様であり、母の築いてきた文化であろう。そんなことを伝えるために誰かが母を私のもとに使わせて下さったのかもしれない。感謝している。

銀座で買った香水

鈴木 容子
66歳　小冊子コーディネーター　神奈川県

母の遺品を整理したのは、まだ春浅い日の事であった。たんすの引き出しの隅に、少し汚れたガーゼのハンカチに包まれたものがあった。手にすると固い。不思議に思い開けてみると、見覚えのある黒い香水の瓶が出てきた。


私の職場が京橋に決まった時、母は言った。

「娘と、銀座で買い物をするのが夢だった」

母は秋田県の田舎から上京。青春時代にはおしゃれなものなど何もなかっただろう。活気にあふれていた時代・昭和四十三年、母と銀座で買い物をした。何となく親孝行した気分でいた私に、母はまたまた言った。

「母の日に、銀座のデパートで買った香水が欲しい。香りは最高のおしゃれだそうよ」

絶句する私に
「お金は私が出すから」

そんなことならお安い御用。奇妙な母の日のプレゼントとなったのが、あの香水だ。

香水の瓶は、引き出しの中で長い事眠っていたのだ。陽にかざすと、わずかに減っている。耳たぶにそっと香水をつけ、母はどこかへ行ったのだろうか。

こんなに残して勿体ない、と私は思った。せっかく買ってあげたのに。蓋をそっと開け、陽だまりに瓶を置いてみた。

母は、もしかしたらもったいなくて香水を付けられなかったのかもしれない。母はそういう時代に生きたのだ。つけてゆくところなど、なかったのかもしれない。香りは最高のおしゃれ、と言った母はおしゃれとは無縁の生活を送っていた。それだけにおしゃれへの憧れも強かったのだろう。

香りには形がない。けれど、持っているだけで、香りは心を優しくしてくれるような気がする。母はきっと、香水を持っているだけで満足だったのだ。少し汚れたハンカチは、母が何度も手にしたことを物語っていた。

春の陽が、優しく瓶に降り注いでいた。

すてきなドヤ顔

戸越 真澄
48歳 会社員 福岡県

「あなたのお父さん恐そう」
そうね、鉄工一筋四十年以上、鉄工の達人らしく一見頑固で無口で恐そう。だけど実は優しく良くしゃべり良く笑いちょっぴりおちゃめな父だ。
あれは私が学生の頃の冬のある日、さすがに試験前で勉強をしていたのだが、やはり寒い。温かい物を求めて何度も台所へ行っていたら、ついに父から
「それじゃあ集中できんやろう。俺が後から持って行ってやるから集中して勉強しろ」
と一言。静かに勉強をしていると、トン…トン…トン…と、階段を一段ずつ慎重に上がる足音。そしてドアを足で蹴りながら
「おい、開けてくれ」
と父の声。ドアを開けると
「えっ……」。
父が両手でしっかりと持っているお盆の上に鎮座していたのは、温かい湯気とおいしそうな香りを

漂わせたコーヒーがなみなみとつがれたラーメンの丼だった。親切にストローまで用意されている。父は「どけろ」と机の上の勉強道具を端に寄せさせると、机の真中にお盆ごと『季節のラーメン丼コーヒー。ストロー添え』を置いた。そして、今まで見た事が無いくらいに目をキラキラさせたドヤ顔で私の方を振り向き「頑張れ！」と言い残すと、トントントンとリズミカルな足音をたてて階段を下りて行った。一人残された私は寒さも忘れ、しばらくラーメン丼から目が離せなかった。

お父さん、あなたのおかげで私は二つの事を知りました。一つ目は、熱い物はストローでは飲めない事。二つ目は、ラーメン丼のコーヒーは、もはやコーヒーではなくただの黒く苦い汁でしかない事。でもね、今まで辛い時苦しい時にコーヒーを飲むとなんとなく元気になれたのは、コーヒーの香りの向こうにお父さんのキラキラのドヤ顔と「頑張れ！」の一言を感じていたのかもしれない。お父さんありがとう。

今度の休みの日、顔を見に行きます。

おひさまのにおい

四宮　明子
39歳　会社経営　神奈川県

「一に強い子、二に明るい子、三に優しい子」

保育園からの帰り道はいつも決まって、私の手をつなぎ、リズミカルに振りながら祖母がそう言っていたのを覚えている。母子家庭だったため、逆境にめげずに強く明るい子になってほしいという願いからだったのだろう。

中学校の教師をしていた母の代わりに、少し離れたところに住んでいた祖母が保育園に迎えに来てくれていた。

きっと、それは陽が長いある夏の日のこと。帰宅した私は西日が射し込む畳の部屋で、いつものように陽だまりを見つけてクレヨンで絵を描き始めた。私は、ぽっかぽかの太陽のもとで絵を描くのが大好きだったのだ。

私自身はうっすらとしか記憶がないが「おひさまのにおいがするねぇ」と、まるで全身でその匂いを吸い込もうとしているかのように窓に体を向けながら、畳の上で一人もくもくと画用紙と向き合っていたらしい。

夕陽が沈む頃、祖母は夕食の支度をするため祖父が待つ家に帰らねばならない。玄関から奥の部屋を見ると、西日に向かい無心に絵を描き続けている私の背中。祖母はいつも涙をのんでいたと言う。幼子を一人残していくのが不憫だったのだろう。でも、おそらく、その時の私は、ただただ太陽の匂いとエネルギーに包まれて満ち足りていたに違いない。

祖母の教えの通り、大抵のことは笑顔で乗り越えていける大人になれた気がする。

結婚した今でも、あの頃と同じように、部屋のどこかに陽が射し込んでいるのを見つけると、そこに座り込んで絵を描いている自分がいる。おひさまのにおいは、私をずっと見守り続けてきてくれたのだ。

そんな私が母になる。もうすぐ産まれてくる我が子のために、少しでも陽当りのよい場所を探して、ベッドを置いた。おひさまのにおいが届く場所に――。あたたかく幸せなにおいに包まれて、この子が太陽のように強く、明るく、優しく、育っていきますように。

白い命の香り

井上秀子
46歳　会社員　東京都

もうだいぶ昔の話です。私が小学生の頃、母の実家ではまだ養蚕をしていました。埼玉にある大きな農家で、毎年初夏になると母は嬉しそうに蚕の世話に行っていました。私はこの、お蚕さんの匂いが大好きでした。

およそ二十畳。子供だったからか、そのくらい広く感じました。離れにある蚕専用の部屋はひんやりとして涼しく、一歩入ればシンとした静寂に包まれます。そして耳を澄ますと、一斉に蚕が桑の葉を食《は》む音だけが聞こえてきます。この独特の音と共に、あの何ともいえない、白い命の香りが漂ってくるのです。

大量の桑の葉と交ざりあった、小さくてかわいいこの香りは、当時かなりやんちゃだった私を、厳かな気持ちにしてくれました。

そんなある年。実家の手伝いから帰宅した母のサマーセーターに、かわいいお客さんが付いていました。それは一匹の蚕でした。どういうわけか母と一緒にバスに揺られ、我が家まで来てしまったのです。本来ならすぐにでも返しに行くべきでしたが、意外にも母は「もう繭を作り始める頃だから、このままうちにいてもらいましょう」と言いました。

その日から、私は学校が終わるとすっ飛んで家に帰りました。玄関を開けると真っ先にダンボールの中にいる蚕を眺めました。母が言った通り、蚕は最初こそ戸惑いを見せましたが、すぐに新しい環境に慣れ、そして、元気よく繭を作り始めました。私が近所で見つけてきた桑の葉は、もういりませんでした。

実は私は、ちょっと心配だったのです。このダンボール独特の強い匂いに、繊細な蚕が負けてしまうのではないかと。子供心に、そのうち白い体が茶色に染まって、繭も同じ色になってしまうのではないかと。

そんな私のおかしな心配などまったく無用だったようで、蚕は無事、たった一匹で見事な繭を完成させました。そしてある日帰宅すると、繭を破り、どこかへ消えていました。

お蚕さんの香り。やさしい思い出です。

思い出再び

中川 邦子
58歳 教育活動支援員 大阪府

仕事が終わって帰ってきた午後のこと。玄関を開けて私はふと足を止めた。なつかしい香りがしたからだ。それは、母のいたあの家のと似ていた。

父が亡くなり一人暮らしをしていた母はゆっくり、ゆったりと生きていた。大正生まれで料理はそんなに得意ではない。甘いものが好きだったが、病気になってからはそれもままならず。洗濯物があまりなくても晴れていればやっぱり洗ってしまう。重いお布団もよっこらしょと干してしまう。読書家で、お気に入りの椅子に座り、音楽も流さずに静かな中で本をよく読んでいた。ちょっと気が向いた時には爽やかでやや甘い感じのお香をたいていた。そんな母の家の玄関に入ると、私はいつも確認するように深呼吸していた。

やがてじわじわと病が進み入院生活が続くようになった。必要なものを取りに母の家に入ると、ついいつものように香りを確かめてしまう。病院のにおいの記憶を一時忘れ安心感に包まれる。その後には寂しさがやってくるのだが。

母が亡くなってから姉と二人で部屋の片づけをした。団地住まいだった母の部屋は明け渡さなければばならない。最後の日、姉は母の好きだったお香をたいて母と部屋に別れを告げた。香炉は今も姉が大事に使っている。

四年が経って突然あの香りの記憶が戻ってきたのだ。懐かしさにおもわず頬がゆるんでしまった。なぜ今頃？　心にひっかかったまま数日が過ぎ、やっとその答えに行き当たった。私も一人暮らしが始まったんだと。一人で好きなものを料理し、洗濯をして、本を読みながら両親の写真の横でお線香をたいている。息子がいた時には彼の生活の香りが一緒になっていたのだが、それも無くなり私の作る家の香りができあがったようだ。少し寂しく感じていたがこれも悪くない。

はまぎくの海

田代 廉二
92歳　岩手県

若い頃職場を共にした友人の法要を翌日に控え、この八月に再開したばかりの三陸花ホテルはまぎくに宿を取った。東日本震災前は浪板観光ホテルと言っていたホテルだ。

秋晴れの日で日没には少し間があるので、私は手荷物をロビーに預け海岸へ向った。松林の木漏れ日の道を歩いていくと一叢《ひとむら》の雑草の中に一塊のはまぎくが咲いていた。私は思わずしゃがんで花びらを掬《すく》うようにしながらかすかな香りを愛でた。大輪の菊のように気品はなく香りもそれほど強くはないが、素朴で親しみやすく浜風に耐えてゆれているのが愛しい。思わず二、三本摘んだ。

あの三月十一日に荒れ狂った海は、今嘘のように穏やかだった。

この海岸は「寄せては返す波がない」と言われるほど静かな浜辺で、年間二万五千人が訪れ、全国海水浴場五十五選の上位に選ばれた町の観光資源だった。今、震災の影響でおよそ一メートルも地盤が沈下しているという。

秋の夕暮れは早い。夕日の残光が静かな海を照らしている。引く波音のしないこの海で子どもだった私は思い切り泳いだ。ここは私の遊び場だった。思い切り泳ぎ砂浜に寝て青空を眺めながら大きな夢を描いたところだ。何百人もの死者を出す恐ろしい海になるなんて夢にも思わなかった。今は荒れ果てて昔日の面影はない。

海に呑まれた多くの人々が「もっともっと生きたかった」と叫んでいる声が聞こえたような気がした。私は手に持っていたはまぎくをそっと嗅いでから海に浮かべた。はまぎくの香りが潮の香りに消されたような気がした。

九十年も生きていればいろんなことがある、今まではそう言って降りかかる火の粉を払ってきたつもりだが、大津波の傷跡は私の力では癒されない。

私は、はまぎくの凛とした姿をもう一度見て帰ろうと思った。

香りが私に届く時

大場 さやか
39歳 アルバイト 石川県

キンモクセイの香りを題材に、詩を書いたことがある。小学校の高学年だった。毎日、ノートに何か書いて、担任教師に提出していた。内容は何でもよかった。その日の出来事、思ったこと、作文でも、なんなら数式でも、絵でもよかったはずだ。先生は児童に、毎日何か少しでも「頑張った」を残させたかったのだと思う。

小学校からの帰り道に、キンモクセイの木が並んで生えていた。土に落ちた小さな花をいくつも拾う。ティッシュにくるんで、持ち帰った。お菓子の空き容器に入れてみた。まだ香りがする。ずっとこのいい香りがしていますように。そう思ったことを、詩のような形にして、先生に提出するノートに書いた。

担任教師は毎日のように、学級新聞を作っていた。クラスでの出来事、時には問題も取り上げる。誰かの頑張りを知らせることもある。皆で成し遂げたことも讃える。配られた学級新聞に自分の名前を発見することは、教師からちゃんと見てもらえている証しだった。

その新聞に、キンモクセイの詩が載った。一枚の新聞全面を使って、私の詩だけが取り上げられた。

日常の出来事と、そこから感じた思いを書き留めたことを、先生は褒めてくれていた。あまり人に褒められたことのない私は、クラスで自分だけが注目される事態がとても気恥ずかしく、でも恥ずかしい気持ち以上に、嬉しいと感じた。自分のしたことに、誰かが良い意味を与えてくれた。頑張ったご褒美のような、そんな結果が訪れる未来もあるのだと、初めて知った。

小学校への通学時に見かけたキンモクセイの木は、なくなってしまった。しかし、キンモクセイの花の時期に街中を歩いていると、ふいによく知った香りが漂ってくる。

キンモクセイの香りは強く、誰の元にも届く。誰もが知る親しみ慣れた香りが、誰を選びもせず、それでも私に届く時。皆を見ながら、個人を見てくれた、先生を思い出す。

堀桜《ほりざくら》

青木 祐太
28歳 教員 愛知県

「ここでは臭いという言葉は禁止です」

新入生向けオリエンテーションでの第一声。目の前の牛舎から顔を背け、臭い臭いとざわめきだっていたピカピカの高校一年生達は、ビクッとこちらに目線をやり、息を潜めて静まり返る。農業高校の教員になって三年、毎年同じ光景が繰り広げられてきたが、今年はどうも様子が違った。

「臭いもんは臭いんや、私は牛やなくて犬とかウサギの世話したい」

一人の女子生徒が不貞腐《ふてくさ》れたように呟いた。彼女の真新しい実習服に目をやると「堀川」という名前が刺繍されていた。本校の動物学科では、肉牛を育てる養牛部門と、犬やハムスター等を飼育する小動物部門に分かれており、二年生に進級した時点でどちらを専攻するか選択できる。しかし、一年生の間はどちらも実習で経験しなければならない。

「堀川、この匂いは人間が牛を太らせる為に狭い所へ閉じ込めてるから出てるんや。君は牛乳を飲んだことないんか？　お肉を食べたことは無いんか？　これは君らを生かす命の匂いや。この学科の生徒なら、誰よりもこの場所を好きにならんといかん」

少し感情的になりつつも、穏やかな口調を心掛けて生徒に思いをぶつけた。

一年後、早朝五時の牛舎で繁殖牛の分娩が始まった。

「先生、生まれたら名前つけてもいい？」

不安と期待の入り混じったような、それでいて芯のある口調で堀川が言った。仔牛の前足がゆっくりと這い出し、四月の肌寒い空気に触れると白い湯気が立った。母牛の一際大きな啼声の後、どさりと仔牛の身体が出てきた。母牛の初乳を飲ませるために、堀川が仔牛の身体を抱きかかえる。羊水で実習服がベタベタだ。哺乳瓶に初乳を搾り、仔牛の口に突っ込んでやる。

「この仔の名前決めた。命名、堀桜」

二年後、堀桜を自分の子供の様に世話した堀川は、酪農学科のある大学へ進学していった。

「ここでは臭いという言葉は禁止です」

新入生の後ろでモォ〜と一声、堀桜が啼いた。

潮《しお》の香《かお》り

石井 大智
17歳 高校生 広島県

高校生活にも慣れてきた高一の冬。僕はSNS上で東日本大震災被災地の情報を、積極的に発信している被災者に出会った。気仙沼の女子高校生だった。同年代の活動に興味を持った僕は、早速彼女と連絡を取った。連絡を取り合う中で被災地に行きたくなり、気づいたら僕は彼女に会いに、気仙沼に行くことにしていたのだった。

彼女とは気仙沼駅で待ち合わせた。震災前は途中駅だったが、震災後はそこから先の線路が流されて終着駅となった駅だ。

駅を出て一番に感じたのは、潮の香りだ。しばらく歩くと、津波で荒れ果て、荒原のようになった場所が一面に広がっていた。津波で何もかもが流され、潮の香りをさえぎるものは何もなく、涙のようにしょっぱい香りが町に漂う。「つい前までここにも家があったのに」と彼女はつぶやく。町が一面の原っぱになってしまったように、彼女の人生は目の前の海に大きく変えられた。

しかし、彼女はそれでも海を愛していた。毎年恒例のみなとまつりで、潮の香りを感じながら和太鼓を叩いてきた彼女。しかし、震災で前年の祭は中止になった。今年はやっとのことで祭は復活したが、震災前ほどの規模ではできない。もっと気仙沼を盛り上げて、震災前のような祭をしたいと彼女は語る。

その後、彼女は水揚げ場に僕を連れていった。漁港の町気仙沼では、海の恵みが生活を支えている。海は津波という悲しい思い出をもたらした。だが、海があってこその気仙沼だ。最近は水揚げ高も徐々に震災前の水準に戻り、だんだんと漁港と町に活気が戻っているという。漁港が生き返れば、町も生き返る。そんな彼女の言葉を聞くうちに、潮風の香りからは悲しみではなく、明日への希望を感じるようになった。

同年代と思えないほど彼女は強かった。潮の香りを、悲しみから希望に変えるぐらい強かった。その強さが明日を創るのだ。

一年D組の思い出

窪田 博義

昭和四十年代の初め、私が中学生だった頃は学校の敷地内に、給食室、というのがあって給食はそこで作っていた。昼近くなると、料理の匂いが教室まで流れてきた。

その日のメニューはカレーだった。

「やあ、今日はカレーか」

授業中だったが、私は思わず呟いていた。呟きは隣の席の生徒に聞こえたらしく、私に話しかけてきた。

「おまえ、カレー、好きなのか?」

「うん」

「俺もだ」

「腹、減ったな」

「おう」

私と彼のやりとりが聞こえたらしく、前の席の女子生徒が、プッ、と吹き出した。すると、その子の周囲の視線がその子に集まり、その子は前を向いたまま親指を私たちの方に向けた。

視線が私たちの方に移動した。私は声を抑えて、キョウハカレエ、と口を大きく動かした。何人かが頷いて指でOKサインを作った。カレーは人気メニューだったのだ。

その小さなざわめきに気づいて、教壇でチョークを走らせていた先生が私たち生徒の方を振り向いた。

「あん、どうした?」

怪訝《けげん》な顔をしていたが、生徒たちの表情で察したのか
「今日はカレーだな」

と言って、笑顔になった。

すると(先生も給食が楽しみなんだ)という意識のためか、私たち生徒はいっせいに笑い、教室が一体感につつまれた。

「英語ではカレーはカリー、匂いとか香りはスメル。『授業中、給食室からカレーの匂いが流れてきた』を英作文のテストにだそうかな」

先生はそう言って、考える様子をした。

中一の私たちには難しい英作文だったのでエーッというブーイングがわいた。今度はブーイングでの一体感だった。

昭和四十年、私は十三歳。敷島中学一年D組はいいクラスだった。イジメなんてものはなく、いくつかの小さな恋がうまれた。

カレーの匂いは、私には懐かしい中学生時代が甦ってくる思い出の香りである。


(61歳 無職 山梨県)

新巻づくり

荒田 正信

定置網漁やはえ縄漁で出崎埠頭にある魚市場が鮭だらけだと聞いて、まだ暗い内に行ってみた。満船で入港する漁船が岸壁に横付けすると、震災前のような勢いが一気に戻って来たように感じられた。気がつけば震災からまもなく千日になる。私は、やっと新巻鮭でも作ろうか、という気になって雄鮭三本を調達した。

自宅に戻り、早速、雄鮭の腹部にマキリを当てると、内臓と白子が「どどっ」と待ちくたびれていたようにはち切れた。一気にえらと五臓六腑を切り離す。血合いを丁寧に洗い流し、並塩を全身に擦りこんで舟と呼ばれる箱に並べた。四日ほど経って覆っていたブルーシートを取り除くと、舟の中で身の引き締まった鮭が姿を現した。体外に脱水された塩水の量を見て連れが驚いた。軽く水洗いをして、養生のため真水を注いでおいた。翌日、勢いよく水を注ぎながら、たわしで塩と汚れを洗い落とす。後は、えらから紐を通して屋外に吊れば作業は終了。開かれた腹部には割り箸を挟んで身がくっつかないようにする。ほんの少しの気配りが味を決めるのだ。半日ほど経って水が滴り落ちないようになったことを確かめて、テラスの物干し台に移動する。

二日後、洗濯物を抱えてテラスに向かうと何とも言えない新巻の香が私を虜にした。既に、鮭の皮が黒く輝いていて内臓を取り出してきれいに洗われた腹部もまた濃いあずき色に深みを増していた。

最初の作業から二週間目の朝、私は、出刃包丁で身を切り落とした。力のいる作業だが、何とも言えない喜びが湧いてくる。

連れがグリルから取り出して皿に乗せたとき、不思議な思いが蘇ってきた。「ああ、これで普通に生活してもいいのだ」と、誰かに言われた、そんな気がした。

（60歳　岩手県）

麦みそ

満 祐実

一人暮らしの私に毎月届く箱一杯の食材。必ず入っているのが母お手製の麦みそ。

実家にいる間は何でも母の手作りだった。おやつのケーキもジュースもプリンも。自然な素材で育てられた私は、今考えると贅沢で幸せ者だ。だけど当時の私は一人で暮らす解放感でいっぱいで、朝食に味噌汁を作るという発想にいきつかず、適当に炒め物ですませていた。

子どもを授かり、栄養や安全を考えるようになった今、改めて母の麦みそを恋しく思う。働くようになった頃の私は忙しくて自炊することもやめてしまい、母に「作る時間がないからもう送らなくていいよ」と、非情な言葉を告げていた。だから改めて「送ってほしい」という私の言葉に母がどう反応するのか疑問だった。果たして母は「いろんなお味噌を売ってるでしょ。麦みそでええの?」と聞いてきた。いいの、いいの、米味噌や豆味噌も美味しいけれど、麦みそのやさしい香りと味が私にはしっくりくるし、嬉しいんだ。

誰よりも早起きして細々と働いていた母。苦労知らずの祖母にいつもだまって耐えていた母。私はそんな祖母からも母からも逃げ出したかった。母は今年七十七歳。父を亡くして四半世紀。父の後で祖母を看取ることになった母は何の文句も言わず世話をした。母の気持ちを聞くのはとても怖くてずっと触れられない。私に対しても敬語を使い、電話しても「すみませんねえ、電話してもらって」という母。いつも周りに気を遣っている母に心の休まる時はあるのだろうか。「何でもないことだから」としか言わない。

母の麦みそは、市販のものと違って、こし網に麦の粒粒がたくさん残る、ほんのり甘めのみそ。

最近耳が少し遠くなったという母。おかあさん、私はあなたの麦みその作り方もあなたの人生も何も聞いていませんよ。まだまだ元気でいてくださいね。

(54歳 自営業 大阪府)

私の「春一番」

高須 奈緒美

ベルギーの春は、はじけるようにやってくる。長く暗い冬の間じっと不機嫌に押し黙っていた森は、三月になると芽吹きを待ちかねるブナや白樺のむずむずした気配が充満するようになる。日ごとに昼が長くなり、はだかの黒い森がふんわり薄緑色に霞むようになると、ある日突然、まったく突然にニリンソウが一斉に花開き、一夜にして森は白いじゅうたんを敷きつめたようになる。そうなると堰を切ったように春が押し寄せてくるのだ。街も森もみるみる緑に埋め尽くされ、根菜ばかりでどことなく寂しげだった市場には白や緑のアスパラガス、紫のアーティチョーク、真っ赤な苺、新鮮なハーブなどがところ狭しと並べられ、気の早い人たちが半袖・素足で軽やかにその前を闊歩する。

この時期私はミネラルウォーターの大きな空ビンをぶらさげて、近所の市場に向かう。郊外の牧場から牛乳を売りに来るおじさんが目当てだ。こんにちは、と両手でビンを差し出すと、おじさんは、やあ春だねえと言って大きなタンクから勢いよくノズルで牛乳を注いでくれる。いいかい、しぼりたてなんだからね、ちゃんと沸かして飲むんだよ。おじさんの声に送られて、温かく泡立つミルクを抱えて家に帰る。ガラスのコップに注ぎ、色を眺め、匂いをかいでみる。そしておもむろにコップを手に取り、おじさんの忠告などそっちのけでそのままひとくち、それを飲むのである。これをやらないと私の春は来ない。

この時期のミルクは新鮮なレタスの一番外側の葉っぱのような、あるいはれんげ畑に寝ころんだときのような、草のひんやりとした青臭さがある。ああ、萌え出た草を食べたんだ、冬の間干し草ばかりを食いあきた牛たちにとって、みずみずしい草はいかにうまかったことかと陽だまりの牛の幸せを思う。

春のミルクには原っぱの青さがまるごと詰まっている。

（50歳　団体職員　東京都）

花の中の花

野村 佳未

ピンクのボストンバックを携え、タクシーに一人乗り込む。どうしてここまでひっぱっちゃったかね……と、スイカのように大きなお腹をなでなで。のんびり屋の娘は、出産予定日を十日過ぎても出てこない。自然分娩を望む母の気持ちとは裏腹に、陣痛促進剤での誘発分娩が決まり、入院となった。タクシーの中は、芳香剤と運転士の体臭が入り混じった匂い。鼻が利く私は、妊娠中はまるで犬のように香りに敏感なのだ。気分を切り替えよう、リラックス、リラックス。ラベンダーオイルを染み込ませたハンカチを鼻に当てる。

つわりの時期は、ありとあらゆる匂いに反応して唾液が上がり、気持ち悪い！　そんな時でも快く体が受け入れたのは、天然の植物の香り。吐き気にはペパーミント、だるさにはラベンダーと、アロマオイルに助けられてきた。タクシーの匂いに当てられて分娩室に着くと、片隅に十数種類のアロマオイルが。お産にアロマテラピーを取り入れている産院を選んだのだ。早速、次々に香りを吸い込む。優しいスイートオレンジ、優雅なローズオットー。あ、この香り、すごく好き！ボトルの表記は「イランイラン」（タガログ語で花の中の花の意味）。甘く重厚、気分が高揚する。お腹の子が好きな香りに違いない。

初日の促進剤は微量、本番は明日からという医師の予告通り、陣痛がつかないまま翌朝五時に目覚め、イランイランをアロマポットへ。ねぇ、出ておいで。一緒に過ごした十か月、本当に楽しくて、幸せで。北海道旅行で見たラベンダー畑、覚えてる？　ヨガをすると気持ちよさそうに足を伸ばしたね。早く産まれておいでって、満月の夜にお散歩したよ。思い出が巡り、愛しくて愛しくて、お腹を抱きしめる。もうなんでもいいから、無事に産まれてきて！　すると、ほどなくして促進剤無しで等間隔の痛みが訪れ、夕方に三七〇〇グラムの大きな女の子が誕生。花の香りに誘われてやってきたのね。あぁ、会いたかった！

（35歳　主婦　大阪府）

焦《こ》げるパン　焦《こ》がれる心

原口 遊楽

パンが焼ける香ばしくて甘い香り、とくれば幸せな食事やお茶の一時を連想するでしょう。が、私は違います。

好きが高じて、成り行きでパン職人暦五年。某大手パン屋で、社員に混じり、有名デパートで商品開発し、販売。日本屈指の有名シェフのパン教室のアシスタントに潜り込み、あるカフェでは教室の先生をして欲しい、なんて言われる事もチラホラ。

楽しく作ってきたのは事実ですが、私の中で「パン」と「ほのぼのと幸せな気持ち」とは、全くかけ離れた存在です。パン職人の世界は完全に男社会です。分かり易く言えば戦いです。

三十キログラムの粉袋との戦い、真夏の最中に二百度を超える窯との戦い、早朝からの眠気との戦い、次々と醗酵してくる生地との戦い、強い者勝ち、早い者勝ち、やりたい仕事の取り合いです。

やればやるほど上手く成るので、如何に早く綺麗に数をこなすかが、勝負です。

パンの香りやオーブンの焼きあがる音を聞くと、負けないようにと血がたぎります。頭が寝ていて、目が開かなくても、手が勝手に生地を丸めます。

パンを愛する奴ら同士の戦いの場です。

真剣勝負で戦った結果、幸せな香りで美味しいパンが出来上がるのです。

街中で、パン屋を見かけても、心休まる一時はありません。どんなパンがあるのか、美味しいのか、驚くような出会いがあるのか、居ても立ってもいられず、見かけると必ず立ち寄ってしまいます。初めて見たパン屋なら、必ず幾つか買い込み、食べてみない事には落ち着く事ができません。

焦燥感か、義務感か。パンに焦がれてしまっていて、どうにもならないのです。

私が、パンの香りで心和み、お茶をして安らぎを味わえる日は来るのでしょうか。

（35歳　パン職人・ライター　千葉県）

郷愁《きょうしゅう》

小園 里奈

北国の人なら知ってる。

冬の匂い、その透明な匂いを。

私の故郷、函館は十一月になると雪が降り始める。私は生まれてから高校を卒業するまで北海道内を転々としながら過ごした。子供にとって、毎年初雪はどきどきして嬉しいものだった。ただ、冬がもたらすものはとても厳しい。今夜はしばれる、明日は雪かき、タイヤの交換。その繰り返しに両親は生まれてからずっと、耐えている。

大学進学のため大阪で一人暮らしをしていた私は初めての帰省をした。大阪函館間を、今はもう走ることがない、寝台特急日本海で。夕方に出発して翌日の正午に到着する、ちょっとした旅だった。私はこの旅がいまだに忘れられない。

その日大阪はみぞれで、この調子なら函館は恐ろしい程寒いに違いないと覚悟して列車に乗った。

夜、寝ている乗客を起こさないようにと、そっとカーテンを開ける。風景が移り変わり積雪の量が増していくことが、ゆっくりと北上していることを教えてくれる。

朝になると窓の外はすっかり雪国だった。ガラス越しに、鼻を近づけて私はその匂いを嗅ぎとろうとした。生まれ育った町がだんだん近づいてくる。駅まで迎えに行くからという母からのメール。

無事到着し、列車から一歩外に出た途端、はっと息をのむ程冷たい。そしてそこにはどこまでも透明で瑞々しい香りが広がっていた。思いっきり深呼吸して全身で味わう。私は泣き出しそうになった。懐かしさで胸がいっぱいになる、これが郷愁というのだろうか。真っ白な雪に覆われているホームを、一歩一歩踏みしめる。ここで生まれ育ったんだ、と思う。

雪に匂いなんてない。でも、確かに知ってる、北国の人なら。先には雪だるまのように着込んだ両親が手を振っていた。


（29歳　主婦　東京都）

「香りエッセイ」を生み出した三十年の「試み」を経て

「香・大賞」は三十年の回を重ねて、どこに行き着いたでしょうか。

八百字のエッセイは俳句などの定型詩ほど短くなく、小説のように虚構を前提としていない分、書き手にとっても読み手にとっても、特別な基準のない自由な形式の文芸ジャンルといえるでしょう。

二〇一四年のヒット曲の言葉を借りれば「ありのままで」、古典に帰れば「徒然なるままに」を許容します。

鷲田清一審査委員は作品集『かおり風景』に、元はフランス語で「試み」を意味した「エッセイ」について、まず「たまたま思い浮かんだよしなしごとに、こころをたっぷりと遊ばせる必要」を説いています。

また、この回に特別審査委員としてお迎えした華道家の池坊由紀氏は、「自然が日本人の感性を育み、言葉を生み出したと思う」と書いています。

人間も自然（しぜん・じねん）の一部であることを考えると、誰もが香りの言葉をもっています。

受賞作品からも伝わる人それぞれの自然《ありのまま》の香り。

エッセイの原点に立ち返ることのできた、第30回の「香・大賞」でした。

2014

第30回［香・大賞］入賞作品

二〇一四年募集・二〇一五年発表

愛車の香り

しげ
36歳　会社員　愛知県

社会人になってすぐに車を買った。ディーラーでオプションパーツを付け、内装にもこだわった自慢の愛車だ。

休日には必ず洗車をし、丁寧にワックスを掛けた。ピカピカになった車に、後に妻となる彼女を乗せていろんなところにドライブに行った。でもどんなに遠出をしても車内は飲食禁止を貫いた。車内に匂いが残るのが嫌だったのだ。

三年後、結婚してすぐに妻から妊娠したと聞かされた。嬉しかったが、戸惑いもあった。お腹が大きくなるにつれ、だんだん母親らしくなっていく妻に対し、自分は親になるという実感が湧かずにいた。相変わらず休日に洗車をし、カーショップをめぐるのが楽しみだった。

ある日妻から、チャイルドシートを見に行きたいと言われた。機能や金額を見比べ、カラーも車にあうように選んで購入したが、実際に装着してみると、やはり違和感がある。自分の今までのこだわりが台無しになったように感じ、こっそりため息をついた。

妻は予定日より十日ほど早く、元気な男の子を出産した。退院の日、初めてチャイルドシートに息子を乗せた。乗りなれた車、走りなれた道のはずなのに、ハンドルを握る手に汗がにじみ、ズボンで何度も手を拭った。子どもを乗せているというだけでこんなにも緊張するとは、自分でも驚きだった。それは父親の自覚が芽生えた瞬間であり、この子を守らねばという責任感を強く、重く感じた瞬間でもあった。

翌日、仕事に行くために車に乗ると、ふわっと甘いミルクのような香りがした。振り返った後部座席にはチャイルドシート。昨日乗せた息子の残した香りに、自然と笑顔がこぼれた。責任だなんだと深く考えず、精一杯この子を愛し、成長を見守っていこうと思ったら、肩の力がすっと抜けた。

仕事帰りにカーショップへ寄って『BABY IN CAR』のステッカーを買おうと思いながら、勢いよく車のエンジンをかけた。

雨上がりに

亀井和代
63歳　主婦　東京都

夏の朝、静かに母が逝ってしまった。

心のおさめどころを見つけられないまま、ぼんやりと家事をこなしている。

朝のゴミ出しを終え、家に入りがてら、玄関脇のクチナシに目をやると、やっぱり！

久々の雨に洗われて光る葉に、綺麗な緑色の粒が見え隠れしている。我が家のこの木を産卵場所にしているのはオオスカシバのお母さん。ブーンとやってきては、ホバリングしながら器用に枝のあちこちに卵を産み付ける。

育児書片手にぎこちなく子育てをした身としては、瑞々しい新芽の辺りを育児場所に選ぶ知恵と、本能と片付けるには勿体ないような親心に脱帽する。

とは言え、やがては新芽のみならず、せっかくついた蕾までも食べつくすのは目に見えている。結局、見つけるたびに「ごめんね」と謝りながら卵を回収することとなる。

毎年繰り返されるこの小さな心の葛藤は、母とお茶を飲むときに何度か話題になった。

「半分残しといたったらええやん。虫かて、おおきに言うて遠慮してくれるんちゃう？」

「この前そうしたけど、全部食べられたよ」

「あかんかったか……ま、そうやろね」

「なんや、ええ加減やなぁ」

母を東京に呼び寄せて十六年、こんな他愛のない会話を重ねながら共に暮らせたことの幸せを、今つくづく思う。

今朝の私の殺生にもきっと何か突っ込みの言葉を聞けたはず、と目の前の葉がじわっとぼやけてくる。母が好んだ一重咲きのクチナシ。花の時期はその香りを、実がなればお節のきんとんの色付けに、そのつど二人の会話を繋いでくれた。もう二度と訪れることのないそれらの時間を思うと、心が折れてしまいそうだ。

「いつまでそんな風なん？　しっかりしいや」

そんな言葉を聞きたくて遺影にお茶をあげてみたが、返事はない。ま、そうやろね。

金木犀

植田 和子
66歳 主婦 奈良県

やっと雨があがり、すっきり晴れた日の午後、久しぶりに落ち葉掃きに庭に出た。すると確か昨日までは気づかなかった金木犀が、一斉に香り出していた。我家の近辺には、あちこちにこの大木があって、季節になると窓から家の中にまで、金木犀がほのかに入り込んでくることがある。子供の頃から私はこの匂いが大好きだった。今でも好きに変わりはないのだけれど、でも金木犀が少し辛い記憶とセットになってうかんでくるようになってから、毎年この香りに出くわすと、心の中で小さく溜め息をついてしまうようになった。

末期癌の父の介護をしていた時、実家の庭の大きな金木犀が、ちょうど花の盛りだったのだ。病人には病名も余命も伏せたままの、とても心重たい介護だった。

(本当にこれでいいのかな……)と、同じ迷いをグジグジと引きずりながら、金木犀の下で焚き火を突ついていたあの日の夕暮れ時。

背中にふと視線を感じて、二階の父の部屋を仰ぐと、窓越しにじっと私を見下ろす少しやせた父の穏やかな笑顔が見えた。とっさに私も笑い返したのだけれど、父の姿はスッと見えなくなってしまった。

あの時、父がいつからそこにそうしていたかは、わからなかった。でも薄暗い庭で、消えかかった小さな焚き火を、いつまでもほじくっている娘の後姿には、私の精一杯の隠し事なんて、きっとばればれににじみ出てしまっていたような気がする。

その後も、父の様子に別段の変化はなかった。そして私も、最後まで嘘をつきとおし、父を見送った。

あれからもうずい分と時がたった。けれども金木犀が香る季節になると今だに……。あの時、いくらしんどくても病人と一緒にきちんと現実に向きあい、父の残り時間に寄り添う道を選ぶべきだったのではないかと、同じ悔いをふっきれずに思い返している。

わが家の華

米田 佳代
42歳 自由業 奈良県

「これ、洗濯しといて」ふいに差し出されたスポーツタオルを受け取りながら「なに?」と尋ねる。「濡れたから借りた。Kに」最低限の情報だけを与え玄関を出て行く息子を見送り、洗濯機に向かう。受け取ったばかりのスポーツタオルを入れようとして、ふと手を止めた。「いい匂い」思わず声が出た。Kくんに借りたというスポーツタオルからは、ふわりと甘い香りがした。

きっと柔軟剤よね。透明の丸い扉の向こうでクルクル回る洗濯物を見ながら思う。それまで、我が家では洗濯の際に柔軟剤を使うという習慣がなかった。けれど、いいかもしれない、柔軟剤。ここ数年会っていない息子の幼馴染Kくんの顔は想像もつかないが、こういう香りのする男子って素敵だ!

手始めに、近所のスーパーでテスターを嗅ぎ、コレかな?と思う香りの柔軟剤を使ってみた。が、イメージとは違う。目指すはKくんのタオルの香りなのだが、試した柔軟剤には、あの華やかさがない。

以来、さまざまな柔軟剤を使ってみた。ネットで「柔軟剤　おすすめ」を検索し、ははては一本千円近くする高級柔軟剤にまで手を出した。が、使えば使うほど、Kくんの香りからは遠くなるような気がする。思い余って「ねえ、Kくんちの柔軟剤、聞いといてよ」と息子に頼むと「何でそんな気持ち悪い事しなきゃいけないいんだよ」と断られた。

不思議なものだと思う。キャップに取った柔軟剤の香りが、そのまま洗濯後の服に残る訳ではないのだ。たぶん、衣類そのものの匂いや体臭、洗濯物を干す時の環境などが合わさって残り香になるのだろう。

もしかしたら、問題は我が家にあるのかもしれない。思春期の憤懣《ふんまん》が居座るリビングや粗飯しか上らないダイニングでは、香りが育たないのだろうか？

ある日、夫がうれしそうな顔をして帰宅した。「会社の女の子に、シャツ、いい香りがしますねって言われたよ。柔軟剤、何使ってるんですか？って聞かれた」

華は、意外なところで咲いていた。

蠟梅

鎌倉 育子
74歳　無職（主婦）　大阪府

蠟梅は春に先駆け十二月には花を咲かせる。

若い頃は梅の一種だと思っていたが、蠟梅科の木だと知ったのは五十代になってからだ。

名前の字が示すように、蜜蠟のような淡黄色のはかなげな小花を一列につけている。

彩の少ない冬の風景の中で、淡い電燈の束を灯すようなこの花に出会うと、寒さで尖った気持ちがなごんでいく。

実家の父は生前、息子や娘が結婚して所帯を持つと折々に、何かしらの苗木を贈ってくれた。兄妹は転居などで絶やしてしまったが、蠟梅は弟が三十代半ばで家を建てた時、父がその庭に手植した木である。

今や見上げるばかりになった大木の剪定を兼ね、払った枝を弟は車のトランクに積み、大晦日に一日がかりで四人の兄妹のもとに届けてくれる。気がつけば十年以上続く歳末の定期便となっている。

早速届いた一抱えもある枝の中から、好き勝手に小枝を広げた大ぶりの枝三枝程を選び、伊賀焼の大きな壺に入れる。

殺風景な我が家の玄関がたちまち風格のある一隅に早変わり。

次に、枝先までびっしりと蕾をつけた小枝を、鶴首の花瓶に挿し床の間の違い棚に置く。ありふれた床の間が、何やら由緒あるもののように見えてくるのが不思議だ。

最後に残った小枝を集め、お気に入りの琉球ガラスのコップに入れ、パソコンデスクの上に置いてみる。こんな洋風の器もすんなり受け入れる蠟梅の柔軟さが素晴らしい。

明けて元日の朝、二階の寝室から階下に降りると部屋のそこここから、つましく爽やかな香りが漂ってくる。寡黙で派手なことが苦手だった父そのものの香りだ。「ああ、無事に新年を迎えられた」と、心から思えるひと時である。

そして自分のことより子供たちを優先し、心配ばかりしていた父の思い出を兄妹で共有できる日でもある。

八百屋の店先

石川 栄一
63歳 青果業 愛知県

私は八百屋の店先でボンヤリと座って通りを見詰めていた。真夏の猛暑の昼過ぎでは、車以外通り過ぎる人もいない。少しでも涼しくなればと、通りに水を撒いてみた。しかし、直ぐに蒸発して蜃気楼の様に大気がユラユラと揺れている。

蝶が一匹店先に迷い込んで来た。果物の香りに誘われたのかもしれない。この蝶、なかなかの曲者。特売の擦り傷のあるリンゴの周りを飛び回っている。リンゴの傷も色々で、収穫前に傷があるリンゴはエチレンが豊富で、普通のリンゴ以上に甘くて香りもいい。

私が子供の頃は面白いほど果物が売れた。近くにスーパーが無かったのが幸いしたのかもしれない。スイカを店先に山の様に積み上げていた。それでも数日で売切れてしまうから、トラックでスイカを運び込む。丸太の様な腕の若い衆がトラックの上からポンポンとスイカを投げる。それを父が手際よく受け取って積み上げていく。

「栄坊、お前も手伝え」

小学生の私はオロオロしながら、トラックの下で身構える。

「ボク、ちゃんと受け止めろよ」

若い衆の手からビックリするほど大きなスイカが飛んでくる。当然の様に手からスイカが落ちて地面で粉々に砕けた。スイカのほのかに甘い香りが足元から上がってくる。父は大笑いするが、私は泣きそうだった。

スイカを切り分けて「試食」とばかり、父は笑顔でお客さんに配っていた。店先にスイカの香りが広がる。

父が癌で亡くなって、もう十五年。リンゴやブドウ、メロンなどの色とりどりの果物の香りで溢れていた店先も、今は寂しくなった。時代の流れなのか、真夏の昼過ぎに、八百屋の店先に顔を出すのは一匹の蝶だけだ。蝶は相変わらず、私を無視してリンゴの周りを飛び回っている。

「クチナシ」は語る

祝部愛
46歳　派遣社員・主婦　大阪府

胸の内を素直に話すのが苦手で、幼い頃から『肝心なことは黙ってやりすごす』で押し通してきた。ところが二十代半ば、社会人四年目に入った頃、とうとうそれが裏目に出てしまった。ただただ「はい」と返事をして、引き受け続けた仕事がオーバーフロー。上司が「どうしてもっと早く言わなかったんだ」と呆れるのも当然で「できません」と言えなかった自己嫌悪は涙腺を決壊させた。

覚えているのは上司の前で子供のようにわんわん泣いたところまでで、気がつけば自宅近くのバス停だった。明日、納期の仕事が終わったのかどうかも正直、よく覚えていない。

ひと目で泣いたとわかる顔を、朝から降り続ける雨を言い訳にして傘の陰に隠そうとした時、自業自得の私には不似合いな、華やかな花の香りが鼻先をくすぐった。おぼつかない視線で香りの主を探すと正体はすぐに知れた。まとわりつく梅雨の湿気に白い花弁を潤わせ、艶やかな匂いで己を主張してくるクチナシ。『クチナシ』なんて随分皮肉だ。声にしなくても香りで語れる花とは違って、人はどうして一々話さなければ伝わらないのか。

腫れぼったい目蓋の訳を隠したまま、そう母にこぼすと「もちろん言ってもらわないとわからないところもあるけど」と、ほかほかと湯気を立てる汁椀を持つ手を止めて笑った。「黙ってても、大体わかっちゃうかな」。

母の目尻に浮かんだ笑みに思わず俯《うつむ》く。結局『黙ってやりすごす』は私の独りよがりだったのだ。周囲は私の顔に書いてある胸の内をおおよそ察して、だからこそ、私が自分から口を開くのを待っていた。そう気づいた途端、気恥ずかしさに今度は頬がほてる。

花が香りで語るように、人は素直に話さなければ伝わらない。照れ隠しに一口飲んだ味噌汁の匂いにほっとする。思い切って、今日あったことを話してみようか。言いあらわす言葉選びに悩みながら、まずは「ありがとう」と、ぎこちなく笑って母に感謝した。

祖母のいる場所

高橋 依子
44歳　図書館職員　福岡県

散歩で行けるほどの距離に「旭地蔵」がある。半ば目を閉じて優しく微笑むお地蔵様がいるその祠《ほこら》には、狭いながらも手水と小さな長椅子が置かれている。季節の花や蠟燭、線香も整えてある。

私がまだ子どもだった頃、祖母の早朝の散歩にくっついて行くと、必ずここに立ち寄った。小さな鐘を突いてお地蔵様に挨拶をし、小指の大きさほどの白い蠟燭を立て、マッチを擦って火をともす。蠟燭の火を移した線香からひと筋の煙がすーっと立ちのぼる。擦ったマッチと線香の香りが祠を満たす。このいつも決まった動きをする祖母の手元を見るのが、私は好きだった。穏やかながらもその動きには迷いがなく、安心できた。

祖母の記憶と線香の香りは、いつしか私の中で分かち難いものとなった。四十歳を過ぎた今でも、町のどこかでふと線香の香りがすると、私は瞬時に祖母を思い出す。もう三十年も前に亡くなった祖母の記憶は私の体のどこかにひっそりとあり、線香の香りを嗅げばいつでも私はその記憶を開けて子どもに戻る。

祖母が亡くなってから、旭のお地蔵様は祖母と行くところではなく、祖母がいるところになった。

心が余裕をなくしたとき、苦しくてどうしようもないとき、私はお地蔵様のもとへ行き、線香の香りを胸に吸い込みながら祖母に話しかける。

——おばあちゃん、どうかお願い。

——おばあちゃん、ごぶさたしてごめん。

——おばあちゃん、いつもありがとう。

その時々で願ったり謝ったり感謝したりする孫娘の思いを、煙が祖母の元へ運んでいく。祖母は何も言わないけれど、いつもここにいて励まし、気付かせ、支えてくれる。

出会って間もない夫を最初に連れて来たのもここだった。今でもちょくちょく訪れ、夫との初詣も必ずここと決めている。私の人生が線香の煙に溶けて、すべて大丈夫と祖母が言うかのようにその香りは空にのぼっていく。

松落葉《まつおちば》

荻野 芳子
79歳 岐阜県

子供の頃の私の家は墓地の近くであった。

急な山の斜面を段々にしてお墓が造られていた。墓地には赤松が多く、空に高くその枝を広げていた。中山道《なかせんどう》が通るこの街には大きな商家も多く古い立派なお墓も多かった。

太平洋戦争の戦中から戦後にかけて私は小学校の中学年で、この墓地が私たちの遊び場だった。墓地の周りの細い径《みち》を鬼ごっこをして走り回ったり、春には茅花《つばな》を摘みながら歌を歌ったりした。秋から冬にかけては連れ立って大きな籠や炭俵を持って松の落ち葉を集めに行った。墓地の中を歩き回ってまるで掃除でもするように落ち葉を集めた。そんな時、南に面した墓地には晩秋の午後の日がいっぱいに射して明るく暖かかった。

家ではそれを竈《かまど》の焚き付けにしたり、お風呂の追い焚きにするのに重宝で母が喜んでくれるのだった。

墓地にはよくお墓参りの人が来て落ち葉を掃き寄せて燃やし、線香を焚いて御祈りをして帰るから、墓地にはいつも松の葉を燃す匂いと線香の香りが立ち込めていた。

子供の頃の私にとって墓地は怖い所でも暗い所でもなく、暖かく優しい匂いに包まれた親しみのある場所だった。

家にいて松の落ち葉でお風呂を沸かす時なども、煙突からもくもくと上がる煙はえもいわれぬ清々しい匂いがした。松の葉や脂は線香の材料にすると聞いた事があるから、清い匂いはそのせいだったかもしれない。

結婚によりその地を離れたが、父や母はあの墓地に眠っている。

私も齢を重ね、それほど遠くない未来に新しい私達のお墓に行く事になる。それがあの故郷の赤松がそよぎ、その葉がぱらぱらとこぼれる所でなくても墓地ならではの静けさと安らぎがあり、そしてそこには線香の香りが漂っている。すでに夫の眠るその場所で私もまた長い眠りに着く事を静かに秘かに待っている。

クチナシの香り

日沼よしみ
66歳　主婦　山梨県

いちごを煮詰めるジャムの香りが台所からあふれ出す。

「いい匂いだよね」

レンジの前に立ち、上機嫌でつぶやく私に、夫は答えない。香りのない世界に住みはじめて十年。パーキンソン病と診断され、その症状の一つに嗅覚の異常があるのだ。

今年の冬、右腕を骨折して入院した私は、退院してからも腕が上がらず、洗濯物は夫に手伝ってもらい二人で室内用ハンガーに下げた。掛け声をかけながら二人で一枚の濡れた衣類を持ちあげる。このかた、こんな共同作業ははじめてだ。まるで新婚さんみたいでちょっとウキウキ。

「調子を揃えて、クイッ、クイッ、クイッ」

私の照れ隠しの鼻歌に、夫がぼそっと言う。

「オレは、これだけ干すのに二時間かかった」

カゴ一つだけの洗濯物に二時間とは。病気特有の筋肉の強ばりや動作の緩慢さがひところより進んだのだろう。わかっているよ、おとうさん。私は、胸の内の小さな動揺を隠し、少しおどけて

「そうだった？　そりゃあ御苦労様でした」

受け流す。できるだけあっけらかんと。頬をゆがめて夫が笑った。

私のケガ以来、向かいあって二人して薬を飲むのが習慣になった。投薬により確実に快方に向かっていく私と、完治の望みなく、ただ症状悪化を遅らせるのみの夫。ごめんね、私ばかりが良くなって。胸の奥が痛い。

病気への思いも多くを語らない夫が、今日は夕食後、めずらしく大きなため息をついた。私は気づかぬ素振りでそっと庭に下りた。

三十年前、新築記念に二人で植えたクチナシにたくさんの花がつき、夜目にも白く浮かび上がっている。昼よりもなお一層、辺りに漂う甘い香りも、今の夫には届かない。

おとうさん、大丈夫。私がついているから。

私は二人分の匂いを吸いこんで、家の中に入った。

冬の蠟梅

行待 文哉
28歳　フリーター　京都府

猫の額ほどではあるが、私の実家には庭がある。四季折々それなりに草木が茂る中に、その蠟梅はあった。

その蠟梅は私のための木である。弟が産まれた時には花桃を植えた。真冬に産まれた私の誕生日ごとに、蠟梅はプラスチックで出来たような透明に近い黄色の小さな花を咲かせる。

冬は、庭に花が少ない。まして香る花となるともっと限られる。その中で、木の近くへ寄らないと分からないが、蠟梅は確かにその芳香を漂わせている。

甘い、どこか果物にも似た香り。花の蜜が凝縮して固まり、それを細かく砕いて撒いたような糖分を感じさせる匂いだ。つやつやとした花弁とも相まって、飴菓子のように思える。

私は毎年雪の下で蠟梅を眺める。いつもは雪に降られた植物を少し可哀想に思うのだが、蠟梅にはそういう感傷は抱かない。むしろ、凍てつく空気の中で雪をまとって香る姿は美しい。その甘い香りのこぼれる唇で微笑んでいるかのようだ。

植物にも動物にも厳しい季節。全ての生き物が無言になるほどの寒さの中、ほのかに花の香りがする。それだけで冬の景色は少し華やかになる気がする。

蠟梅の香りに包まれてぼんやり木を見る時、私はいつかこうなりたいと思う。どうも私は他人にも自分にも甘いだけなのだ。常に誰かの顔色をうかがい、はっきり言えずに何でも許し、誰にも見えないところでは怠けている。

蠟梅は、目立つ花ではない。それでも香り高く、凛として冬に生きる。蠟梅の香りは甘い香りではあるが、その中には冬を生きる命の強さがある。

冬の空気と蠟梅の香りを胸いっぱいに吸い込むと、少し、私も強くなれる気がするのだ。

画面の向こうの雨

梅村 菜月
24歳 デザイナー 岐阜県

その日は雨が降っていて、私はやれやれと思いながら家に帰ってきた。パソコンをつけツイッターを覗いてみると友達が雨について、それも雨の日に感じるあの匂いについて書き込んでいた。大学を卒業してからというもの、それぞれが遠く離れた場所へ就職してしまったので、私とその友人は今やそのような書き込みの中でしか心情を知りあうことができない。その日のツイッターでは、彼女が自分の職場で雨について語ったという顚末《てんまつ》が綴られていた。「私が雨の匂いが好きだと言ったら笑われてしまった。変な人と思われたかな」呟きを見て、なんだか私も昔のことを思い出してしまった。私も昔、雨の匂いが好きだと語ったことがあったような。思わずこう返事をした。「私も、別の友達に雨の匂いが好きって言ったことあるよ。そしたら、あれはホコリの匂いだぞ、だって」。

ツイッターの向こうで彼女はショックを受けたらしい。風情がある匂いだと思ってたのにと書いてきた。私はここで一旦ツイッターを止め、パソコンで検索をしてみることにした。「雨の匂い」――。

解説のサイトが「この匂いはバクテリアがだしている」と言った。別のところでは「化学物質によるもの」と述べている。どれも眉唾物だ。ある掲示板ではこんなおしゃべりも残っていた。「俺はあの匂い好きなんだけどなー」「懐かしい気持ちになるよな」。

ツイッターに戻り見てきたものを全て打ちこんだ。「バクテリア」「化学物質」「好き」「懐かしい気持ち」……。返事を待っていると、友達はしばらくしてこう呟いた。

「懐かしい気持ちというのはなんだかわかるね」

パソコンの向こうにいる人達は、友人も含めて今どこで何をしているのかもわからない。それでも確かに共感できた人達に私は、自分の口で「本当にね」と返事をした。

今度久しぶりに友人と会う約束をした。その日が雨でも、きっと彼女となら幸せな再会になるだろう。

石鹼の香り

東島雄二

私が小学校にあがる昭和三十年代前半までは、庭の一角に井戸と洗い場があった。

春の昼前の庭で、母を探していた私は井戸端で洗濯板をこする母の背中を見つけて、喜んで近寄っていった。横に回ってその顔をのぞきこんだ私は、母の怒りのまなざしに身を縮めた。母は洗濯物をつよく揉み動かしながら、盥《たらい》に向かって罵っているのだった。額の汗が陽射しを受けてきらきらしていながら、母の表情は思いつめたように暗かった。私に怒っているのではないらしいとは思いながら、その場を離れられないまま、ぶつぶつと吐き出す言葉の断片におそるおそる耳を傾けているうち、それが祖母にむけられているのでは、と気づいた。あとで母からも話を聞いたせいか、五十年も前のことだが、しっかり心に刻まれている。そのあと、私は泣き出してしまったようだ。

兄弟三人のうち一番の泣き虫で、おばあちゃん子だった私は、庭の草花を手入れする祖母にくっついていることが多かった。自分のもっとも身近な大人が同じように親しみを抱いていた大人に激しい憎しみを抱いているように見えたことが怖かったのだろう。

祖父母に父母、叔父と子ども三人の八人家族で、この頃から兼業農家として大人たちはそれぞれ働いていて、気が立つことも多かっただろう。口げんかは日常茶飯事だった。男三人の兄弟げんかも激しかった。けれどもそれらはいずれもその場限りのことだったし、目の前の相手に対してのことだった。

あのとき母に感じたのは、盥の側にある井戸の深い穴の底を初めて覗きこんだときのように、人の心の裏が見えた恐ろしさだった。今なら、嫁と姑のありふれた確執だったと思えるが、そのころの私にはわからなかった。

今でも石鹼の香りを感じるとき、母が洗濯板を擦るたびに湧き上がっていた泡の記憶とともに、そのときのせつない想いがたちのぼってくる。

（61歳　自営業　長野県）

行商のばばちゃ

金田 正太郎

そう言えば幼き頃、母と行商を生業とする親戚のばばちゃとリアス式の海岸線を走るローカル線に乗った時のことであった。その時、母はまだ四十代。一家の生計を肩にしょい込む、現役の職業婦人であった。

背っこぼっこ（背曲り）のばばちゃは、魚をぎっしり詰めた〝ガンガラ箱〟を「どっこいしょ」と、背中から座席に降ろすや否や、やにわに懐に忍ばせた握り飯をむんずと頬張り、お茶を一気に喉に流し込み「やれやれ」といった表情で、おもむろにタバコの火をくゆらせた。

その箱は、なんでも重さが二十〜三十キロ近くはあるらしい。直接漁師である夫から仕入れ、駅前の朝市で売るのが日課。その為か、魚臭さが体中に染み着き、その匂いが衣服から漂ってくる。道往く人への掛け声も堂に入ったもんで「おんでやんせ、よがんすがい」「今日の目玉は旬のイカじゃよ！安いぞ安いぞ！　イガー、イガーはよがんすがい」「今日はいいタラが入ったぞ！　キク（タラの肝）は最高じゃ！　鍋物、みそ汁、酢の物にどうじゃ！」「焼ウニ、塩ウニ、ナマコにアワビ、今夜のおかずに買ってくんしゃい！」。かん高いダミ声で、頬かむりをした老婆は、客を呼び込む。その日は、暮詣での日でもあった。

三輌編成のちいっちゃなローカル電車は、単線をゴトンガタンと走ってゆく。車窓の外は、冬の海霧〝けあらし〟がリアスの岩々にぶちあたり、寒々とした海表に〝波の花〟を散らす。車内では、ダルマストーブであぶられたスルメイカの匂いがたちこめ、朝仕事を終えたガンガラ部隊の喧噪に満ちてはいたものの、先ほどまで威勢のよかった、母とばばちゃは、始終無言で、荒れ狂う海を眺めていた。

（59歳　自営業　青森県）

息子

中井 かな

「あんた、なんか踏んできたんちゃう?」

道場での稽古の後、迎えに行った車に息子が乗り込んできた時だ。あまりの臭いにわたしはついこう言ってしまった。ルームミラー越しに息子の顔色を窺うが暗くてよく見えない。

スポーツは様々あるが、練習後の臭いにおいて剣道は特筆できる。分厚い胴着は、大量の汗と藍染めが相俟って時に傷んだ海老に似た臭いを発する。さらに防具は強烈で、特に小手は肌との接触が多いせいか、それこそ何かを踏んづけてきた様な臭いになる。

とはいえ、疲れ切っている息子にこの言葉は不謹慎だ。小学二年生から通い始めて七年、八十歳になる道場の先生から今時にはない厳しい指導を受けている。小学生の頃などは、毎日休む口実を探していたくらいだ。今夜も、日中の熱気が籠る体育館でたっぷり二時間、休みなく動き回り、口を利く元気もないはずである。

しかし息子は、笑いながらこう返してきた。

「ほんま、すごい臭いや。でもな、お蔭で今日もええ稽古できたわ。お母さん、剣道習わせてくれて、ほんま、ありがとう」

不意打だった。いやそうではない。そう言えば中学に入学し、部活動でも剣道をするようになって少しずつ変わってきていた。悩みを共有できる仲間を得て、苦しみから楽しさを見出せるようになったのかもしれない。それにしても私にまで。危うく涙がこぼれそうになり私は車を急発進させた。

あれから五年。大学生になった息子はまた剣道部に所属して、相変わらず、ボロ雑巾のようになって帰って来る。だが、車での送迎や胴着の洗濯など全て自分でするようになり、遂に私の出番はなくなった。

ほのかに石鹼の香りをさせながら、試合にむかう息子の、その見上げる程に大きくなった背中を見送ると、頼もしささえ感じられる。ふっとどこかで小手の匂いがして、私の心の奥の小さな寂寞《せきばく》の思いを優しく包んでくれた。

（52歳　主婦　大阪府）

「もよもよ」と祖母

吉田 雅英

両親が健在なうちにと、帰省の度にその身辺整理を手伝っている。いつも通り明るく淡々と行っていたある日、納戸で母親が妙なものを見つけた。ただ大きいだけで形を成していないシルクの布地。「何かしら？」と母が首をひねる横で、私はそっと鼻をつけた。新品に見えるが、ほんのり湿布薬とカビ臭さが混じったようなにおいがする。それでピンときた。「もよもよ」に間違いない！ においの主は亡き祖母だった。

共働き世帯で育った私は典型的なおばあちゃん子だった。よく叱られ、よく泣いた。いつまでもぐずっていると、祖母は決まってシルクの切れ端を握らせた。私はそれを右手の親指と人差し指、中指を使ってこすり合わせた。頰に当てて柔らかな感触を楽しみもした。同時に口の中では舌を上あごに押しつけたり離したり。機嫌はすぐに直った。指を、頰を、舌をすり合わせる一連の動作と布切れのことを、祖母が名づけたのか自分で言ったのか、二人の間で「もよもよ」と呼ぶようになった。

幼い頃の必需品だった「もよもよ」の存在は、意外にも親や一つ違いの弟に知られずにきた。私は肌に布をこすりつけて快楽に浸りながらも、一方でその姿を恥ずかしいと思っていた。だからそれは、親兄弟の目を盗んでする秘め事だったのだ。「もよもよ」がヘビーユーズされて小汚くなっていたのもある。交換に、シルクは高価で端切れもなかったのか。ともかく見られたら赤面する代物だった。

祖母からは何度も取り上げられ「卒業」を言い渡されたが、気持ちよさに負けてできなかった。小学校に入っても世話になっていた。

その「もよもよ」が出てきた。未使用で。祖母が「後継」をちゃんと用意してくれていたのだと思ったら、目が潤んだ。なぜ教えてくれなかったのだろう。私の成長で出番がなかったのか、単に忘れていたのか。いや、孫の「卒業」を祝いながらも一抹の寂しさを覚えて、こっそり取っておいたのだ、きっと。

（51歳　自営業　神奈川県）

洗いたて

飯塚 豊

生まれ育った東京よりも、面白そうなことがたくさんありそうだったので、学生の頃から出入りしていた福島県喜多方市のはずれに、夫婦で移住してきて七年になろうとしています。運よく築年不詳の古民家を見つけ、犬を預かり（こちらの人は飼うとはいいません）、鍬《くわ》を持ち、雪と格闘しつつ子育てと、休む暇なく生活しています。自然の厳しい暮らしの中では、自分たちでなんとかしなければならない事が多く、毎日が冒険の連続で飽きる隙もありません。けれど、どんなに疲れていても、外に出て空気を吸うだけでパワーがモリモリと出てくるから不思議です。こんなふうに書くと、毎日、さぞいい香りに恵まれていそうですが、意外とそうでもないのです。もっとも、都会ほどには包囲されてはいませんが、肥やしだったり、獣だったり、野焼きの煙だったり、香りよりも臭いの方が優勢だったりします。そんな中、衝撃的な出会いが訪れました。こちらでは、農家の年配の方はほとんど蕎麦が打てるので、農閑期、つまり厳冬期に蕎麦会なるものが度々開かれます。蕎麦を肴に懇親会のようなもので、参加者全員が作業を分担するしきたりです。そこで私の仰せつかったのが、洗い担当。茹であがった蕎麦のヌメヌメが取れるまで丹念にすすぐのですが、蛇口から出るものとは思えない水の冷たさに頭がクラクラします。その時「洗い場の特権だから食ってみな」との声が。新参者なのにそんなつまみ食いめいたことしていいのかしらと思いつつ、啜《すす》ってみたらその美味いこと。爽やかな香りが喉から鼻をスーっと通り過ぎていきました。その後、準備万端整って器に盛られた蕎麦を食べてもそれほどは香りません。洗った直後こそ最高なのです。瞬間でいなくなり、それでいて余韻を残し、微笑みたくなるぐらいいい気持ちにさせてくれる、香り。どんな名店の蕎麦でも、この香りを凌ぐものはありますまい。最高の香りは厨房の中、冷水の前にしかないのです。

（46歳　会社員　福島県）

肉球

福島千佳

「肉球はポップコーンの匂いがする」と、高校時代に初めて付き合った彼が言った。そんな昔のことを思い出したのは、最近のわたしの興味が、肉球にあるからだ。

我が家の犬はシェルティーで、名前はミュー。まだ四歳のメス犬だ。

肉球が好きだなんて、嗅ぎたいと思ったことなんて、一度もなかったのだけど、つい数か月前。新しく挑んだ仕事の研修で、精神的にクタクタになって横になるわたしに、ミューが添い寝してくれた。何気なく目の前にあった肉球を嗅ぐと、魔法のようにぐっすり眠れたのだ。

それ以来、気持ちが落ち着かない時、落ち込んだ時、眠れない時、肉球の匂いでわたしは自分を取り戻す。ミューは知ってか知らずか「どうぞ」と足元を鼻先に差し出してコロリと横になる。嗅ぎ放題。

肉球は、大地の匂いがする。小学生の息子に言うと「それは地球の匂いだ」と言った。

どんなにしんどくても、地に足を付けて歩かなければならない。自分が選んだ仕事、自分が選んだ生き方。簡単なものはひとつもない。だから前を向いて一歩一歩進むのだと、肉球はわたしに教えてくれる。

当たり前の事なのに、改めてそう思うと、強くなる気がする。わたしがめそめそ泣きながらクンクン嗅いでいると、ミューはそっと顔を埋めてくる。ほら、地球が、大地が、わたしの来るのを待っている。進まなきゃ。

そしてわたしは眠りにつく。そう言えば高校時代の彼は、野球の試合に負けた日、ポップコーンの肉球を嗅ぎつつ、泣きながら寝た話をしてくれた。

肉球は魔法。きっと地球や大地から大きなパワーを吸い取って、わたしたちにお裾分けしてくれている。みんなが前に進むために。

（46歳　非常勤講師　奈良県）

懐しい香り

田川あい

愛知県にある築四十年の実家が取り壊されたのは昨年のことだった。父や母が亡くなり、東京の都心に嫁いだ一人っ子の私にとって古くなった家を継ぐ者もいなく、かといって保存するのも大変で、結局更地にする決意をしたのだった。

庭には父が丹精込めて耕していた畑や椿、柿や石榴《ざくろ》、柚《ゆず》がある。毎年沢山の実が生り、首から落ちた椿は石畳を埋め尽くしていた。

とりわけ柚は毎年、冬になると毎日のようにお風呂に浮かべられていた。古くなったてぬぐいで母が作った小さな袋に入れられた柚を湯船に浸かりながら揉みほぐすと、お風呂の中の柚の香りがいちだんと濃くなり、柚の皮から出た油がゆっくりとお湯の表面を覆うのを眺めたのを思い出す。

残念ながらその柚の木はもうない。都心のスーパーの野菜売り場で目にする柚は一つ百五十円もする。お風呂に入れるためだけに購入するのには贅沢な値段だ。

私の一月の誕生日には毎年、実家から段ボールが届いていた。私が好きな味噌煮込みうどんや鬼まんじゅう、庭で取れた柿や野菜が入っていた。三十五歳を迎えたときに届いた荷物を私は忘れることができない。三十五個の柚が入っていたのだ。「贅沢だけどすべてお風呂に浮かべて入ってみてください」と父の手紙が添えられていた。湯船の表面がすべて柚に埋め尽くされていたお風呂。あのときは笑いながら一人で入ったけれど、今思い返せば、庭で父と母が娘の歳を数えながら柚を拾い集めてくれたのかと思うとなんだか泣けてくる。

もうすぐ四十を迎える。実家の築年数と私の歳は同じだ。もうない自分の生まれ育った家。でも、お風呂に柚を浮かべて目を閉じれば、私は実家に戻ることができるのだ。

スーパーでふと、四十歳の誕生日に四十個の柚を買ってみようかと思いながら、値段を考えて躊躇《ちゅうちょ》しながら、なぜだか涙があふれてきた。

（39歳　フリーランス　東京都）

母としての道

伊越啓

私は、母が点てる抹茶の香りが好きだ。

あの香りを嗅ぐと、途端に背筋がピンと伸び、自分が何かとても特別な空間にいるように思えてくる。

母は、茶道の師範のお免状を二十年かけてようやく取得した。薄茶に始まり、濃茶と師範のお免状を取得するためには、次々と課題をこなしていかなければならない。そのため、母は、幼い私や妹を抱えながらも練習に励む日々だった。

母が茶道の練習をしている間は、もちろん母とは遊べない。しかし、幼かった私は、寂しいというより、なにかとても誇らしいような気持ちがしていた。母がとても輝いて見えたし、茶道をしているときの母はいつも楽しそうで美しく見えた。

実際の母は、とても太っていて、保育園の年長組のときは、母が太っているという理由で私はいじめられた。

私がいじめられているのを知った母は、いじめっ子たち数人を前に、いきなり面白い顔をしたり、面白いことを言ったり、芸人のようなことをして、彼女たちを笑わせた。それから、私はいじめられなくなった。その代わりに、元いじめっ子たちは私の母のファンになり、母が私を迎えに来ると喜んで、母を囲んで面白い顔遊びをしていた。

本当は、母はそんなことはしたくなかったかもしれない。しかし母は、私を守るために、自らをお笑いものにして、私のピンチを救ってくれた。

母は今でも太っているし、人前ではとてもひょうきんだ。そして、抹茶を点てているときの満たされた表情もまた、変わっていない。

茶道は母の人生を支えてくれた。

私は抹茶を点てる母の眼差しと抹茶の香りの中に、何ものにも動かされない母の「母としての道」を見た気がした。


（35歳　主婦　千葉県）

香りエッセイ30年——
かおり風景 全3巻
あとがき

「香り」という言葉が、いかなる語源を持つものか、常に気にかけています。「匂い」については、「にほふ」を「丹穂生」などと書いて、言葉の本来の意味は、目に温かな色を評価する視覚的な感覚であったかと考えています。

ある文学者から、甲府市に酒折宮《さかおりのみや》という由緒あるお社があることを教えていただきました。「折り」という言葉には、「重なり」や「畳みなす」の意味があるそうです。「酒を折る、いい言葉だと思いませんか」とおっしゃる先生は、そこに熟成してより深みのあるものを醸し出すようなニュアンスを考えておられたようでした。

そのことから「香折り」ということも考えうるのではないかと、宿題をいただいて未解決になっています。

「わが国には、花橘《はなたちばな》の香《か》をかげば、というように、カグという美しい言葉がある」とは、本居宣長《もとおりのりなが》の意見です。このことから、私は、あの大和三山のひとつ「香具山《かぐやま》・香久山」が気になります。「香が久しい」とは、また嬉しい表現ではないかとひとり気に入っているのです。また松葉蟹で有名な兵庫県北部の町「香住《かすみ》」も気になります。「香が住む」とは、なんと美しい地名でしょうか。

「香りに立ち止まって見つめてみませんか。私たちの暮らしの中で、無意識のうちではありながら、香りや匂いがどれほどに生活のリズムや節目を担ってくれているものか、是非エッセイとして書き留めてみてください」と呼びかけて三十年の歳月が過ぎました。藤本義一先生や原栄三郎先生、そして父。その間に世を去られた方々の熱心な思いが力となって、多くの香りある暮らしの一コマを審査させていただくことができました。選に残った作品を全編収録することで、昭和から平成へ、二十世紀から二十一世紀へ、日本社会の移ろいがどのように畳みなしてきたものか、香りによって描き出されてきたと思います。

「活字にして公表してもよいのだろうか……」などと心配した作品もありました。でも、その心配をしたのもその時代の常識感でしかなく、三十年という時の流れの中で、どんどんと社会の許容力や包容力は変わっていくものだとつくづく実感しています。

人の命がある限り、五感の一つである嗅覚と香りや匂いの関係は変わることなく続くものです。文明化が進めば進むほど、命の証の一つとして「香り」に立ち止まって見ることが大切だと気付くこととなるでしょう。

たくさんのご応募に支えられて記念誌をまとめることができました。応募をいただいた方々、厳正な審査を重ねていただいた先生方、そして事務作業に汗を流し知恵を絞って下さった方々、この場を借りて厚く御礼を申します。これからも「香・大賞」をよろしくお願いいたします。

畑　正高
香老舗　松栄堂社長
「香・大賞」実行委員長

装訂　株式会社　ザイン

藤本 義一《ふじもと ぎいち》 作家

一九三三年大阪生まれ。大学在学中にラジオドラマや舞台の脚本を書き始め、一九六八年に作家デビュー。一九七四年、『鬼の詩』で上方落語家の芸の世界を描き第71回直木賞を受賞した。以後、文芸作品からエッセイ、社会評論まで数多くの著作を発表し、生涯出版した著書の数は二百冊以上。一九六五年から一九九〇年まで放送されたTV番組「11PM」では司会を務め、全国的に知られる。近世上方文学から現代の大阪のお笑いまで大阪の文化的風土をこよなく愛した作家である。二〇一二年逝去。

鷲田 清一《わしだ きよかず》 哲学者・京都市立芸術大学理事長兼学長

一九四九年京都生まれ。大阪大学総長、大谷大学教授を経て、二〇一五年京都市立芸術大学理事長兼学長に就任。二〇一三年よりせんだいメディアテーク館長。二〇〇四年に紫綬褒章受章。著書はサントリー学芸賞を受賞した『分散する理性』『モードの迷宮』から『「聴く」ことの力』（桑原武夫賞受賞）、『「ぐずぐず」の理由』（読売文学賞受賞）、近著の『しんがりの思想—反リーダーシップ論』（角川新書）まで多数。新聞や雑誌の連載も多く、朝日新聞の「折々のことば」は多方面で話題に。そのフィールドは机上に収まらず、諸々の現象が起こる現場に足を運び、様々な分野で活躍する人々との対話を重ねる「臨床哲学者」である。

畑 正高《はた まさたか》 香老舗 松栄堂社長

一九五四年京都生まれ。大学卒業後、香老舗 松栄堂に入社。一九九八年、同社代表取締役社長に就任。社業の傍ら「香文化」普及発展のため国内外での講演・文化活動にも意欲的に取り組み、その功績により二〇〇四年ボストン日本協会よりセーヤー賞を受賞。環境省 かおり環境部会委員、京都府教育委員会委員長（二〇一二年〜二〇一五年）、同志社女子大学非常勤講師などの公職も務める。著書に『香清話』（淡交社）、『香三才』（東京書籍）、関連書籍として『香千載』（光村推古書院）などがある。

香りエッセイ30年——
かおり風景 全3巻 ③二〇〇七年〜二〇一四年

二〇一六年四月五日　初版発行

監　修　香老舗 松栄堂
編　者　「香・大賞」実行委員会
発行者　納屋嘉人
発行所　株式会社 淡交社
本社 〒六〇三-八五八八 京都市北区堀川通鞍馬口上ル
営業（〇七五）四三二-五一五一
編集（〇七五）四三二-五一六一
支社 〒一六二-〇〇六一 東京都新宿区市谷柳町三九-一
営業（〇三）五二六九-七九四一
編集（〇三）五二六九-一六九一
http://www.tankosha.co.jp

印刷・製本　図書印刷株式会社

ISBN978-4-473-04086-2
定価はケースに表示してあります。
落丁・乱丁本がございましたら、小社「出版営業部」宛にお送りください。
送料小社負担にてお取り替えいたします。